エマソンと社会改革運動

進化・人種・ジェンダー

Emerson and Social Reform Movements: Evolution, Race, and Gender

西尾ななえ──◉著
Nanae Nishio

J. A. J. Wilcox, *Ralph Waldo Emerson*, n.d

R. Waldo Emerson

彩流社

目次

エマソンと社会改革運動——進化・人種・ジェンダー

序章

どんな社会も、人間が人間らしく生きることを共謀して妨げる。社会は株式会社のようなものである。すなわち、社員である我々は、株主を少しでも多く利するよう、己《おのれ》の自由や教養を捧げることをよしとする。一番に求められる美徳は服従だ。自己信頼は社会が嫌悪するものである。〔……〕

誰であれ人間らしくありたい者は、社会に順応してはならない。〔……〕結局のところ、己の心の高潔さ以外に神聖なものは何一つないのである。(1)（R・W・エマソン〈2〉Ⅱ 四九―五〇）

自己信頼はエマソン思想の精髄《せいずい》であり、その全著作に貫かれたテーマである。個人が秘める神性や無限の可能性を追求することを志向し、それを阻む社会へ順応することを戒《いまし》めるエマソンに、これまで多くの研究者は、超然たる思想を読み解き、社会からの孤立や隔絶を貫く哲学者の姿をみてきた。こうした捉え方こそが、孤高の「哲人」としてのエマソン像を不動ならしめたのである。

　こうしたエマソン評に対し、主に一九八〇年代以降、文化研究と結びついた文学批評の動向を受け、エマソンの社会的、文化的、政治的な影響力とその意義についての模索が続けられてきた。近年の社会史や文化研究の興隆に伴い、エマソンを歴史的ないし文化的文脈から再考しようとする研究がなおも意欲的に進められている（コリソン　一八一）。ロレンス・ビュエルがエマソンの「脱超絶化」〈2〉（一二三）と表現するこうした批評の進展により、エマソンと当時のアメリカ社会との関係が盛んに見直されている。[2]

　なかんずく、奴隷《どれい》制廃止運動におけるエマソンの立場に関しては、主に一九九〇年代以降、広く研究者の注目を集めてきた。エマソンの未出版原稿や新聞記事といった浩瀚《こうかん》な資料をもとに、一九九〇年にレン・グジョンは、エマソンと奴隷制反対に関する研究書として、『徳高き英雄——エマソン、反奴隷制、改革』を出版した。また、一九九五年には、グジョンとジョエル・マイヤーソンは、これまで見落とされていた、エマソンの反奴隷制に関わる重要な一次資料を『エマソンの反奴隷制論文集』にまとめた。こうして、これらの研究を筆頭に、エマソンの奴隷制に対する抗議行動についての検証が進められたのである。

　さらに、このような反奴隷制におけるエマソン再評価の気運は、エマソン研究を十九世紀の女性解放運動に関連付け、ジェンダー研究の領域へと導いた。エマソンの女性解放運動への関わりについては、フィリス・コール、アーミーダー・ギルバート、グジョンといった研究者によって主に一九九〇年代後半以降、光が当てられた(3)。これらの研究成果の結果、エマソンが、俗塵《ぞくじん》を避け、政治活動とは無縁である孤高の哲学者ではなく、自由や人権といった大義への闘志に燃えた活動家であったことが明らかになったのである(4)。

こうしたエマソンの社会運動家としての側面が二十世紀末まで見過ごされた理由として、主に次の二点が考えられる。第一に、関連資料が乏しいという点であった。たとえば、エマソンの反奴隷制運動に関しては、十九世紀末以前に奴隷制廃止論者によって書かれた、時に不正確さを伴う間接的な記録が多かったことや、いくつものエマソンの奴隷制反対の講演原稿が何らかの理由で紛失状態であったことをグジョンは指摘している〈9〉一四―一五)。また、女性問題に関していえば、主に一八五五年の講演「女性について」が、エマソンの見解を知ることのできる限られた資料であった(5)。第二に、エマソンに関する誤ったイメージが固定化された点であった。これは、死後出版された伝記の影響によるところが大きい(6)。たとえば、アメリカの詩人オリヴァー・ウェンデル・ホームズ(一八〇九―九四)は、一八八四年出版の『ラルフ・ウォルドー・エマソン』のなかで、「英領西インド諸島における解放」と題する反奴隷制講演をエマソンが行なった事実について記すことなく、「エマソンは決して反奴隷制主義者に共感することはなかった」と断言した(三〇四)。グジョンはこの点を指摘し、「ホームズは単にこういった事柄に興味がなく、彼自身の抱くエマソン像に合わなかったためだ」としている〈9〉

一二）。このような情報の操作があったにもかかわらず、ホームズの伝記は出版以来高く評価され続け、広く読まれてきた。その結果、エマソンは奴隷制廃止運動に対して保守的であったという誤った認識が、長く人々に植えつけられたのである。同様に、エマソンと女性問題に関しては、アメリカの思想家ジェイムズ・エリオット・キャボット（一八二一―一九〇三）の与えた影響を見逃すことはできない。キャボットは一八八七年に著したエマソンの伝記において、その紙幅《しふく》の一章分を、エマソンと社会改革について割いているにもかかわらず、エマソンが女性解放運動において複数回講演を行なった事実についていっさい触れていない。[7]そればかりか、引用を巧みに駆使することで、キャボットは自分と同様に、エマソンもまた女性参政権に反対であったかのような印象すら与えている[8]（Ⅱ　四五五―五六）。そして、こうしたキャボットの解釈は、反女性参政権論者による政治利用もあり、不運にも長く支持された。そして、結果として、これらが見直されるまでに、約一世紀を待たねばならなかったのである。

かくして、社会改革者としてのエマソンについて再評価が進められているが、今日の観点からみれば、彼の立場は観念的で超絶主義的である。ユニテリアン派の指導者ウィリアム・エラリー・チャニング（一七八〇―一八四二）と同じく、元来《がんらい》、己以外の救済について消極的であったエマソンが、社会改革にあたって何よりも重視していたのは、個人の精神改革であった。彼にとってより良い社会を築くためには、一人ひとりが特定の政治活動に献身するよりも、精神的な修養を積むことこそが肝要《かんよう》であると考えていたのである。

こうしたエマソンの自己信頼にもとづく改革思想に、大きな影響を与えたものの一つが、おそらくは進化論だったのではないだろうか。十八世紀末頃から現われはじめた進化論は、エマソンの楽観主義を裏付けるものであった。なぜなら、彼にとって進化論とは、高次なものへと変化を続ける自然界と連動し、絶え間なく前進し続けることのできる人間精神の無限な可能性を示唆する理論だったからである。エマソンは進化論によって、人間精神、延《ひ》いては社会全体の未来にいっそうの信頼を寄せるようになったのである。

しかしまたその一方で、皮肉にもエマソンの初期における奴隷制への抗議行動を阻害していたものもまた、進化論だったとも考えられる。進化論が、当時一般的であった人種偏見に「科学的根拠」を与えるものであると考えた進化論者たちと同様に、エマソンもまた、アフリカ人が進化の途上にあるということと、劣等種は必然的に消滅するということを信じていたからである。(9) こういった考え方は、当時の反奴隷制主義者たちにも共有されていたものであったが、己の救済を至上の義務としていたエマソンにあっては、自己矛盾《むじゅん》を招くものであった(グジョン〈9〉六六)。なぜなら、よしんばアフリカ人やその他少数民族が劣等種であるとすれば、彼ら自らの成長や救済の遂行《すいこう》について疑問視せざるを得なかったからである。こうした人種上の偏見を抱いていた頃のエマソンは、奴隷制廃止運動の正当性そのものに確信がもてず、運動への積極的参加を躊躇《ちゅうちょ》していたと考えられる。

さらに、エマソンと女性解放運動との関わりにも進化論の影響をみて取ることができようか。

エマソンは女性による権利主張に理解を示したにもかかわらず、こと初期においては女性の政治参加には慎重な姿勢を見せている。この頃のエマソンには、発展途上にある女性が、社会的ないし政治的な責務を果たすことに一抹《いちまつ》の懸念があったと考えることができるのである。

けだし、一時期エマソンが女性解放運動に対して二の足を踏んだ最大の要因は、おそらく十九世紀のアメリカにおいて広く信奉されていた「真の女性らしさ」という概念にあったのだろう。(10) アメリカにおいては十九世紀初頭からの市場経済の興隆に伴い、政治や経済などの幅広い分野でさまざまな職業の道が男性に開かれた一方で、女性には家事への専念が求められた。急激な社会変化のなかで、主に中産階級の人々に、男女の役割分担、すなわち、男性は家族を養うべく外に働きに出、女性は家庭で家族に尽くすべきだとする考え方が広く浸透していたのである。こうして男女は「公と私、仕事と家庭、社会と家族」といった、それぞれが守るべき領域を与えられ、その結果、女性は家庭という私的領域に取り残され、社会から孤立させられたのである(デュボイス/デュメニル 一三七)。エマソンもまた、女性の仕事を家事に限定させるこうした当時のイデオロギーの観点から、「真の女性」であればおそらくは自らの政治参加を望むことはないのではないかと考えたのであった。

このように、奴隷制廃止や女性解放といった社会改革に対して、はじめは消極的であったエマソンも、多くの活動家、友人、家族からの影響を受けるなかで、次第にこれらの問題に対して積極的に関わっていくことになる。それは、人間の自由、平等、尊厳を常に重んじるエマソンが、一連の改革運動が中核に据《す》える理念や目標に対し、究極的には共感し、賛同したからであるといえよう。人間のもつ限りない可能性を追求するエマソンは、個人の成長とそれに伴う社会の発展を信じたのである。

個人の精神修養をこそ、社会改革の礎《いしずえ》とするエマソンの超絶的な姿勢は、しかしながら、歴史家たちに疑問視されてきた。アルバート・J・フォン・フランクによれば、歴史家たちによる改革の概念とは、個人の道徳的勧告ではなく、制度的な構造を変革するための政治行動を指すものであり、この点において、主に精神的な活動を志向したエマソンは、彼らの定義する改革者像には当てはまらなかったのである〈2〉三八六、三九四)。そのため、歴史家たちは、エマソンの超絶主義は「傍観の哲学」であると結論付けた〈2〉三八六)。確かに、個人の自己改革を基本とするエマソンの社会改革観は、法改正による社会構造の変革を試みる政治的営為としての「改革」のコンセプトと少し距離をおくものであるといえよう。

しかし、アンテベラム期と呼ばれる南北戦争以前のアメリカにおいて盛んであった社会改革運動は、今日の観点からみれば、その政治的な色合いがある意味においては希薄であった[11]。ロナルド・G・ウォルターズは、当時の社会改革について、人々が社会の文化的ないし経済的な激変に、自らの道徳心でもって対処しようとした精神的な運動であったとみている〈1〉九)。第二次英米戦争ともいわれる一八一二年戦争後、アメリカ社会は、領土拡大や移民流入によって人口が増加し、都市化や工業化に伴い、経済的および文化的な発展を遂げ、いわゆる「近代化」

と呼ばれる大変革の時代を迎えた。こうしたなか、多くの人々は、世界は変化し続け、アメリカの未来は個人の努力によって形作られることを信じるようになった。彼らは道徳心を発揮し、善行を積むことで、輝かしいアメリカの発展に寄与できると考えた。こうした傾向は、善意が敬虔《けいけん》の証《あかし》であるとする一八二〇年代の宗教復興によっても促されたのである。

当時、自らの資金や余暇を社会活動に充《あ》てることができた中産階級の人々にとって、改革運動への従事は、己の道義心を発揮できる個人的で精神的なプロセスであった。彼らは改革に携わることで、彼らなりの「恩恵」を得ていたことをウォルターズは次のように指摘する〈1〉一三)。すなわち、改革運動に与《くみ》することをとおして、男性はあらゆる分野において失われた、「一種の倫理的権威」を得、女性は「非常に限られた社会との接点」をもつことができた〈1〉一三)。社会改革は、彼らに「個人的な」充足感を与えるものであり、それはまるで「改宗」の如《ごと》く精神的な激変をもたらしたのである〈1〉一三―一四)。改革運動をとおして、彼らは「自制心」を養い、「知的刺激、そして社会的な関わり」を得ることができたばかりか、「自らの生活を律し、他者との感情的なつながりを深め、善行を積むことができた」からである〈1〉一五)。このように、当時の人々にとっては、社会改革運動への参加が各々の精神と、大きな社会問題とを結びつける非常に重要な意味をもっていたのである。

こういった状況に鑑《かんが》みれば、人々を鼓舞《こぶ》し精神や意識の改革を促したエマソンは、この当時を代表する改革者であったと考えられる。エマソンの女性解放運動における活躍に特に注目したコールは、エマソンの役割の重要性についてこう指摘している。「エマソンが運動を率いる立場になり得たのは、その発言内容そのものも然《しか》りだが、それ以上に、彼が女性たち自らの発言を促したためである」〈6〉四四〇)。エマソンは改革者を啓蒙し、彼らに洞察力やインスピレーションを与えることで余人《よじん》をもっては代えがたい役割を果たし、アンテベラム期の社会改革を牽引《けんいん》したのである。

これらの点を踏まえたうえで、本書では、近年のエマソン再考の流れをくみ、これまでの先行研究を包括的に発展させることで、社会改革者としてのエマソンについて論じる。管見《かんけん》ではあるが、今日において、十九世紀アメリカの改革時代におけるエマソンを見直す試みは、いまだ十分とはいえない。人種やジェンダーを含めた包括的な観点から、社会改革者としてのエマソンに迫るアプローチは、発展途上にあるといえよう。エマソンと奴隷制問題に関しては、ある程度の研究が進められてきてはいるものの、彼の奴隷制廃止運動における立場に対しては、毀誉褒貶《きよほうへん》が相半ばし、これまで研究者の意見を分かつ論争となってきた〈グジョン〈9〉一、ストライシック 一三九)。これは、改革運動への参加に際し、エマソンが見せた葛藤――つまり自己信頼にもとづく個人主義と、社会に対する責務との間の板挟み――によるものだと考えられる。それゆえ本書では、エマソンが奴隷制問題に関わったその変遷をたどるうえで、まず彼の改革思想をその形成過程から検証したい。また、女性問題におけるエマソンについての研究は、奴隷制問題のそれに比して、なおいっそう検討の余地がある。これは、既述のとおり、関連する一次資料が極端に乏しいことが主たる要因であろう。そこで本書では、欠乏する資料を補うべく、エマソンの書簡や日記を精査するほか、周囲の女性たちの視点から、彼の思想を探るという手法を試みたい。

本書の流れとしては、はじめに、エマソンの社会改革観を分析し、その根底にある彼の哲学的思想と、その根幹に関わる自然科学の影響について論じたい。科学、とりわけ進化論をとおして、彼がいかなる思想を確立させ、いかにして改革と向き合うようになったのかについて考えてみたい。次に、エマソンの奴隷制廃止運動への関わりと、彼の人種観について論考する。さらに、女性問題に関するエマソンの思索の軌跡をたどる。エマソンと女性解放運動との関わりについて明らかにするだけではなく、これまでほとんど光が当てられなかった家庭におけるエマソンについて考えてみたい。妻リディアン・ジャクソン・エマソン（一八〇二―九二）や、友人マーガレット・フラー（一八一〇―五〇）といった、彼にとって感化力をもった身近な女性たちとの関わりにも焦点を当て、エマソンの結婚観や女性観を考察する。また、これによって、社会改革者としてのエマソンが、その先進的な思索を、彼自身の家庭や交友関係という私的領域においても実践し得ていたのかという点についても考えたい。人間精神の自由と平等を標榜《ひょうぼう》するエマソンにあって、実践において保守的かつ父権主義的な側面を垣間《かいま》みせていたとすれば、彼が理想主義者の域を脱することができなかったというその限界もまた指摘され得よう。このように、社会改革者としてのエマソンにおける理念と実践について検討するとともに、二十一世紀の視座からエマソンを捉え直したい。最後は、社会改革という時代の奔流《ほんりゅう》にエマソンを引き戻し、そうした一私人としての限界をも呑み込み得る、彼の懐《ふところ》の深い人間観について論じ、その現代的意義についても考えてみたい。本書では主として進化、人種、ジェンダーの視座から、エマソンの社会改革思想について包括的な検証を試みるなかで、社会改革者としてのエマソンを再評価することを目的とする。

◉注

（1）引用部分の邦訳は、酒本雅之訳〈上〉一九八）を参照。

（2）ビュエルが、脱超絶化されたエマソン (the de-Transcendentalization of Emerson) について示していることに触れ、T・グレゴリー・ガーヴィーは、エマソンの及ぼした社会的意義について再評価が進められていることを指摘している（〈1〉 xxi）。

（3）一例としては、コール〈6〉、ギルバート〈1〉、グジョン〈3〉などが挙げられる。当テーマに関する拙論、中澤ななえ〈1〉、西尾ななえ〈1〉も、加筆修正のうえ、本書に反映されている。

（4）アラン・M・ラヴァインとダニエル・S・マラチャックは、こうした近年の文学批評の観点からエマソンの政治思想に焦点を当て、二〇一一年に『ラルフ・ウォルドー・エマソンの政治手引き』を編集、出版した。このなかで、ラヴァインとマラチャックは、これらの見直し作業を「新しい歴史」

〈1〉一）と呼び、これを次のように定義している。

新しい歴史は、骨の折れるような研究成果であると同時に、エマソンによる一連の政治活動——これは、孤独感、疎外感、社会に対する無力感から生じる「個人主義」、とトクヴィルが呼ぶ現象の一つをエマソンが貫いていた、という、これまでの神話を徹底的に覆《くつがえ》すような言動の記録のこと——を我々に開示してくれるものである。（〈1〉一—二）

（5）この点に関しては、ロナルド・A・ボスコ／ジョエル・マイヤーソン（Ⅱ　一五—一六、一八）、グジョン（〈3〉五七二）を参照。
（6）グジョンは、十九世紀末以降に出版されたエマソンの伝記について、入念な分析を施している（〈9〉四—一九）。
（7）キャボットが、女性問題に対して否定的なエマソン像を強調したという点については、ガーヴィー（〈1〉xviii-xix）とギルバート（〈1〉二四三—四五）も指摘している。
（8）キャボットが引用したエマソンによる書簡は、女性の権利を求める全国大会にエマソンを招いたポーライナ・ライト・デイヴィス（一八一三—七六）に対して、一八五〇年に書かれたものである。これに関しては、本書第三章で詳述する。
（9）人類史に関して、十九世紀の進化論者ロバート・チェンバーズ（一八〇二—七一）は、自著『創造の自然史の痕跡』(一八四四)において、コーカサス民族は、ニグロの後に発達したと述べている(松永 八二)。

また、ピーター・S・フィールドは、十九世紀初期の有識者たちが、生物学、動物学、地理学、考古学といった多分野におけるあらゆる進展や発見は、「人種化された歴史観」(a racialized view of history)の正当性を示すものであると考えていたと指摘し、次のように述べている。

トマス・カーライルやサミュエル・テイラー・コウルリッジからヴィクター・カズンやヨハン・ゴットフリート・ヘルダーにいたる知識人たちは、欧州拡大、アイルランド人の英国支配、北大西洋社会の民本政府の起源等々について人種を理由に正当化した。(八)

なお、本書では「ニグロ」や「黒人」といった差別用語は、当時の時代背景に鑑み、作者の表記法にならうかたちで、そのまま使用する。

(10)「真の女性らしさ」の神話に関する社会的背景については、エレン・キャロル・デュボイス/リン・デュメニル(一三六―六八)、ウォルターズ(〈1〉一〇三―〇六)、バーバラ・ウェルターを参照。

(11)アンテベラム期の社会改革については、ウォルターズ(〈1〉三―一九)を参照。

第一章　自然科学と進化にみる思想の原点

1　自己信頼と社会改革観

社会改革におけるエマソンは、今なお注目を集めている研究テーマの一つである。エマソンが自己信頼の構えを堅持《けんじ》することで、社会から距離を置き、哲学的思索に徹しようとしたとする、伝統的な見方に異論が唱えられ、彼の社会改革者としての側面が再評価されている。それにもかかわらず、この点においては議論百出、マイケル・ストライシックは、「この問題を巡る混乱はいまだ解決されておらず」、「さらに何年もの議論を要するであろう」と述べている(一三九)。

その理由の一つは、エマソンが社会問題に対して、煮え切らぬ、時に矛盾とも取れる態度を見せていたからであろう。彼自身も認めていたように、一八四〇年代以降、奴隷制廃止運動に積極的に身を投じるようになってもなお、その内面においては、自身の哲学と、緊迫する社会情勢との間で葛藤が生じていたのである。エマソンは、社会改革においては「積極的な活動家というよりは思想家」(ビュエル〈1〉二四三)であり続けたと目された。もっとも彼には、先鋭化する奴隷制問題を抱える当時のアメリカ社会において、この問題に関わることを躊躇するきらいがあったのである。

しかし、常に自由と人権を重んじた点において、彼の思想は、数多《あまた》の改革者の掲げる理念と合致するものであったと総括できる。ただし、エマソンが逡巡《しゅんじゅん》し続けた問題は、グジョンが言及するように、当時の社会問題に対して「どのような貢献の仕方が最善であるのか」ということであった〈9〉三三七)。その理由は、彼が「自分に不向きである非生産的な活動」に、時間とエネルギーを無駄に費やしたくないと考えたからである〈9〉三三七)。

エマソンがそのように考えた主な理由は、自己信頼のもと、個人が自己陶冶《とうや》に励むことこそが、社会の繁栄に寄与するという自らの信念にあった。すなわち自己信頼をこそ社会改革の基底に据えていたのである。一八五四年、奴隷制に激しく抗議した講演の冒頭においても、公の問題について発言すること自体が不本意であることを、次のように前置きしている。

私はあまり公の問題を取り上げません。公の問題が不快かつ有害であり、自分がすべきことを邪魔したり蔑《ないがし》ろにしたりするように思えるからです。〔……〕それに、慈善が浪費されることで、どんなに立派な精神も台無しにされてしまうことが分かっています。知的な人々にとって唯一許されないことは、己のすべきことが分からないこと、あるいは他人から考えを得て、それを信じてしまうことです。[1]〈4〉七三）

ここから、社会問題に身を投じることを忌避《きひ》するエマソンの姿勢がうかがえる。社会問題と関わることで、「慈善が浪費されること」を危惧《きぐ》するエマソンにとって、公の問題は思想の妨げになり得るからである。彼において重要なことは、常に社会情勢や他者の意見に左右されることなく、自らの思想に従い、己のなすべきことを貫き通すことである。この発言には、講演家としての職を生業《なりわい》としていたエマソンにあっても、社会問題への関与を極力控えたいとする、その心の内が吐露《とろ》されている。[2]

彼はまた、次のようにも述べている。

自由という大義を遂行するためには、他人に対する愚かな信頼をすべて捨てなければなりません。あなた方自身が要塞《ようさい》や戦士に、独立宣言に、憲章に、戦いに、そして勝利にならなければなりません。〔……〕自己信頼という人間の極致《きょくち》なる完全な姿勢は、神への信頼なのです。（〈4〉八三―八四）

これは、先と同じく、奴隷制廃止運動に対する積極的な姿勢を表明した一八五四年の講演であるが、目標達成に向けて彼がより重点を置くのは、共闘体制を組むことではなく、あくまで一人ひとりの「自己信頼」であることが示されている。このように反奴隷制を訴える講演においてすら、彼は一貫して個々人の自己信頼の必要性を第一に訴えたのである。

このようにエマソンは、個人が精神的に円熟することによってのみ、社会が全体として繁栄していけることを信じていた。日記には次のように記されている。「一人の人間には、政府に必要とされるもののすべてが備わっている。人間は己自身の法則をもっている。〔……〕その真価は己だけが決められるのだ」（〈5〉Ⅳ 八四）。本来人間は完全無欠であり、社会に必要とされるものはすべて個人の内面に備わっている。そのため、一人ひとりが高潔な精神を堅持することにより、社会もまた成熟する。逆にいえば、すべての社会問題の根本原因は個人の内面に潜むとし、社会改良もまた個人の自己改造からはじめられなければならないと考えたのである。

社会問題の根源を個人の堕落にみるエマソンは、反奴隷制といった単一の目的のみを掲げる運動を、短絡的で不適当であると考えた（グジョン〈4〉一七三）。この考えが顕著に示されているのが、一八四四年の講演「ニューイングランドの改革者たち[3]」である。このなかで、エマソンは次のように改革者を痛烈に批判している。

制度に対する批判や攻撃をする人を目にしますが、そういった人が己を刷新《さっしん》することなしに、周囲を刷新しようとする限り、社会は何も利さないということは明白です。つまりその人はある特定のことにおいてはうんざりするほど善良になっても、そのほかのことにおいては無頓着で狭量なのです。そして往々にして、偽善と虚栄心が実に嫌な結果となるのです。〈1〉Ⅲ　一五四)

自己改革こそがあらゆる社会問題に対処する方途《ほうと》となるがゆえに、社会改革は、個人が自己改革に徹する時にのみ達成される。我々が己を刷新しない限りにおいては、「社会は何も利さない」のである。そのことを理解せず、特定の悪だけをやり玉に挙げる行為に、エマソンは「偽善と虚栄心」をみて取る。なぜなら個人が自ら精神的改革を成し遂げること無しに、あらゆる社会悪を正すことなど到底できず、個別の問題のみに特化する改革運動は、社会改良という大義を遂行するうえでの根本的な解決手段にはなり得ないと考えるからである。

かくて、エマソンは社会運動に特段の意義を見出さなかった。「我々は、諸悪の一つをやたらと攻め立てる人、すなわち特殊な改革者に出会うと、その人にこう尋ねたくなります。あなたは一つの徳に対して何の権利があるのでしょうか。あなたの徳は断片的なのでしょうか」(〈1〉Ⅲ　一五五)。すべての社会問題が個人の内面に帰するため、ただ一つの問題に対処することに意義を見出さなかったエマソンは、一人ひとりが己の悪を正す努力を求めたのである。

2　自然科学への関心――「対応の思想」と信仰の確立

人間に備わる成長の可能性を信奉し、個人の自己信頼を、社会改革の礎とするエマソンの思想は、当時の自然科学と密接な関係がある(4)。人間精神と自然とが対応関係にあると考えていたエマソンは、科学が人間精神を含めた自然界の理解全般を導くことを信じたのである。そのため彼は人間精神について学ぶべく、自然法則を解き明かそうとする自然科学に強く惹きつけられた。なかでも進化論は、彼にとって生命のもつ限りない可能性を示唆するものであり、彼の思想に大きな影響を及ぼしたのである。

エマソンは、人間精神と自然とが照応していると考えたが、これは自然界には人間精神を含めた万物を司る大いなる力――エマソンの呼ぶところの「大霊《たいれい》」(the Over-soul)――が存在すると確信していたからである。そのため、彼にとっては、人間精神を学ぶことと自然を学ぶこととは同義であった。精神と物質とが同列対等であることを以下のように説明している。

自然の事実はすべて何かの精神的事実の象徴だ。自然のなかに見られる姿はすべて精神の何かの状態に照応しており、その精神状態のことを述べようとすれば、それに照応する自然の姿をその映像として示す以外にすべはない。〔……〕精神の本性を支配する法則は、さながら鏡のなかで対面するように、物質の法則に符合する。〔……〕物理学の公理は倫理学の法則の翻訳だ。（〈2〉Ⅰ 二六、三二―三三）（酒本訳〈上〉五八、六四）

このように、エマソンにおいては、物理法則は精神法則と相似であり、自然を学ぶことが究極的には精神を学ぶことなのである。可視領域である現象界は不可視領域である精神界の具象化であり、物理学の公理と倫理学の法則とに齟齬《そご》はないと考えるのである。これは、物質と精神との照応関係を示す「対応の思想」と呼ばれるエマソンの基本的な考え方の一つである(5)。

こうした意味で、自然を究明する自然科学に強烈な興味を掻《か》き立てられたエマソンは、真の「科学者」としてというよりは、「詩人」として自然科学に向き合ったといえよう。そしてこれにより、彼の思想と科学とが矛盾することなく、融合をみることとなったのである。

十九世紀初期においては、文学と科学とはいまだ対立概念ではなかった（藤田 五）。同時代のロマン派詩人らも科学に強い関心を抱いたが、エマソンが生涯にわたってもち続けた科学に対する姿勢は、彼らのそれとは似て非なるものであった。彼らの自然観はエマソンに多大な影響を与えたが、彼はそれらよりもはるかに先取《せんしゅ》の思想を確立させ、その広く深い知識や理解において、ほかの多くの文学者たちを凌駕《りょうが》したのであった。

エマソンにとって、科学は目的ではなく手段として学ぶべきものであった。この点に関して、「ナチュラリスト」（一八三四）と題する講演のなかで次のように強調している。

我々は〔科学によって通常得られる助力が〕手段として考えられるべきだということを強く主張したい。我々はそれらの源である愛や信仰に、等しく不断の敬意を払いたいだけなのである。この情熱、つまり自然への熱烈な興味、あるいはすべてを司る者への愛は、科学の道を究《きわ》めた先人たちの胸の内で燃え続けてきたものである。ニュートン、リンネ、ディヴィ、キュヴィエが絶えずもち続けた目的は、生物の命名から分類へと、恣《し》意分類から自然分類へと、自然分類から初期法則へと上り詰め、これらから基本法則、つまり超自然の力へと、常に狭まる円を描きながら近付くことだったのである。(6)〈3〉I 八〇、強調は原文のまま)

ここでエマソンは、科学は自然界における最も神聖なる法則を導き出すための「手段」に過ぎず、科学研究において常に大局的な視座に立つことの重要性を説いている。詳細にして専門的な知識を収集することにとどまらず、究極的にはそれらすべてを統括する秩序を探求しなければならないという。なぜなら、科学の源は、「すべてを司る者」への「愛や信仰」であるからである。そして、こうした考え方は、「科学の道を究めた先人たち」の思想に通底するものであったという。

「エマソンの科学に対する態度が、当時の多くの文人たちのそれと異なる点は、彼が科学の価値を積極的に受け入れたことにある」とピーター・A・オブチョウスキは述べている（六二五）。エマソンにとって科学とは、自然界の法則やそれと照応する人間精神、延いてはそれらすべてを司る「大霊」を解き明かすものであったため、彼は哲学的見地から科学を学び、そのあらゆる分野の進歩や発展を進んで受け入れたのである。

つまりエマソンの哲学的思想は、科学をとおして得られた自然理解によって確立強化されたといっても過言ではない。この意味において、彼が科学に対していかに向き合ったのかについて精察することは、彼の思想を理解するうえで極めて意義深いことであるといえよう。

エマソンが興味を示した科学分野は多岐にわたるが、最初に関心を抱いたのは天文学であった。彼はコペルニクス（一四七三―一五四三）、ガリレオ（一五六四―一六四二）、ハーシェル父子（一七三八―一八二二、一七九二―一八七一）、カント（一七二四―一八〇四）、ヨハネス・ケプラー（一五七一―一六三〇）、ピエール＝シモン・ラプラス（一七四九―一八二七）、ニュートン（一六四三―一七二七）、メアリー・サマヴィル（一七八〇―一八七二）らの書物を読みあさっている[7]（クラーク 一三〇）。なかでもエマソンの関心を強く引いたのは、キリスト教的自然観に衝撃を与えたコペルニクスによる地動説、ガリレオの望遠鏡技術応用による発見、ケプラーの惑星運動に関する法則や、ニュートンによる重力の法則などである（クラーク 一三一―三四、高梨〈1〉一六一）。

天地のいずれにも力学的原理が貫かれていることを解明したこれら天文学上の発見により、

エマソンはあることを確信するようになった。すなわち、天地を覆う偉大な秩序が存在するということである（クラーク　二三〇）。ニュートンが重力の法則を証明するまで、人々は天動説、つまり地球は宇宙の中心に固定され、太陽、月、惑星が地球の周りを回転していることを信じていた。地球と天体とを明確に峻別《しゅんべつ》するこのような古くからのギリシャ的宇宙観を根底から覆したものの一つが、地球は宇宙の中心にあるのではなく、そのほかの惑星と同様に動いているということを説いた地動説である（高梨〈1〉一六一）。この新説は、地球と天体との区別を取り除き、地球もまた宇宙を貫く法則によって支配された、宇宙の一部に過ぎないことを示し、宇宙に存在する万物を等価に位置付けたのである（高梨〈1〉一六一）。

地動説が導いた価値観の大転換により、エマソンは、初期アメリカにおいて支配的であったカルヴィニズムに対する疑念を強めた(8)。一八三二年の日記のなかで、エマソンは「カルヴィニズムは天動説と一致する」（〈5〉Ⅳ　二六）と述べている。つまり、人間の自由意思を否定し、その罪深さと神の絶対性を強調するカルヴィニズムの教義は、天と地を峻別する天動説のごとく、神と人間との間に決定的な隔たりを主張するものであった。この点に関して彼は次のように述べている。

地動説が及ぼした抗しがたい影響により、人間の救済に関わる大計画はまったく信じられないものとなった。それゆえ天体構造を解き明かそうとした偉大な天才たちは、一般に支持された教義が信じられなくなってしまったのである。ニュートンはユニテリア信者となり、ラプラスはカトリック教国において不信心者となり、神の代わりに必然を信じるようになったが、自己知性を伴う必然こそ神なのである。したがって天文学は有神論を証明するが、教義上の神学には異議を唱えるのである。(9)（〈5〉Ⅳ　二六）

偉大な神のもとにおける卑小な人間像を示唆している点において、カルヴィニズムを天動説に重ねたエマソンは、「教義上の神学」そのものに懐疑的になった。天文学をとおして、彼はニュートンやラプラスと同様に、宇宙に存在する包括的な法則を学び、そのことによって、「自己知性を伴う必然」――つまり、万物を司り、あまねく存在する「大霊」――にこそ神性を確信したのである。

かくして天文学は、エマソンの「大霊」への信仰を強め、また当時の教会主義に対する懐疑の念をいっそう深めさせたのである。その証左を、彼が牧師職を辞任した事実にみて取ることができる。地動説が与えた宗教上の影響についての先の記述（〈5〉Ⅳ　二六）を日記に綴《つづ》った直後に、エマソンは形骸《けいがい》化した教会の体制に異議申し立てをし、一八三二年、牧師を辞任するに至ったのである。(10)

このように天文学をとおして自らの信仰心をいっそう強固にしたエマソンは、その後さまざまな自然科学の分野に対してますます強い関心をもつようになった。天文学が日月星辰《にちげつせいしん》の法則を導き出すように、自然科学があらゆる自然法則を解明してくれることを期待し、植物学、動物学、生理学、地学といった諸分野に傾倒したのである。そして、彼の興味はやがて、生物全体に貫かれる秩序に関する理論である進化論へと導かれたのであった。

3　進化思想と楽観主義——神意の象徴としての上昇螺旋《らせん》運動

エマソンにおいて、科学は信仰と重なるものであった。日記にはこう記されている。「科学を恐れる宗教は、神の名誉を汚し、自滅する」(11)〈6〉Ⅱ　三六二)。天文学のみならず、広範にわたる科学分野に関心をもったエマソンは、牧師職を辞した後に渡欧し、そこで著名な科学者たちと面会し、数々の博物館や研究所を訪れた(クラーク　二五〇—五二)。その間の一八三三年、彼はパリ植物園で次のような神秘的な体験を得ている。

かすんだ色の蝶々《ちょうちょう》や曲線を描く貝殻、鳥、獣、魚、虫、蛇といった、生命の姿のこの驚くべきつながりを、また有機体を模している岩にはじまり、上昇しようとする生命の原理の萌芽を目にすれば、宇宙がこれまで以上に驚きに満ちた謎となる。とても奇怪で粗野なものも、また大変美しいものも、観察者である人間のなかに生まれながらに存在するある特性を示していないものはない——まさしくサソリと人間との間にも不思議な関係がある。私は自分のなかにムカデを感じる——ワニ、鯉《こい》、鷲《わし》やキツネといったものも。私は不思議な共感を得て感動する。そして、「博物学者になろう」と繰り返し言う。(12)（〈5〉Ⅳ一九九—二〇〇）

この一説から、エマソンが自然と人間との間に照応関係を見出していることが分かるが、それと同時に、進化論(13)を受け入れる準備があることもまた読み解くことができる（ビーチ〈2〉四八三）。ここでエマソンは、「蝶々」のような昆虫から「鷲やキツネ」といった動物に至るまで、あらゆる生物が等級別に整然と並べられている光景に目を見張っている。蝶々や貝殻、あるいは岩石にも「上昇しようとする生命の原理の萌芽」を認め、どんなに怪奇な形態をもつものにも、「人間のなかに生まれながらに存在するある特性」を示していることを感じ取ったからである。サソリやムカデなど、あらゆる存在との神秘的なつながりをみつけ、その「不思議な共感」に身を震わせている。つまりこの一説には、人間を含めた自然界の万物が、それぞれに備わる「上昇しようとする生命の原理」によって結びついているという彼の認識が示されている。このパリ植物園での体験は、エマソンにおいて強烈な印象を残すこととなる。さらにこの翌月には、スコットランドのグラスゴーにあるハンタリアン博物館で類似の体験をし、再び感動を得たのであった（クラーク　二五二、高梨〈1〉一六三）。

ヨーロッパから帰国後、エマソンは自然に関する多くの講演を行なった。「人間と地球との関係について」と題する一八三三年の講演においては、進化思想の色彩がさらに強く感じられる次のような発言をしている。

ごく最近の地球に関する研究によって、我々は最も驚くべき――最も崇高といえる事実を知るようになりました。すなわち地球上でとても誇り高く力強い存在として生きる人間が、地上の生物界において成り上り者ではなく、人間が現われる以前に百万年もの間、自然界で予言され、計り知れないほどの遠い昔から人間のための漸進《ぜんしん》的な準備、すなわち人間を生み出す努力〔……〕が重ねられてきています。原始的なトカゲ類のような下等生物ですら、人間構造の要素をもち、あらゆる面でそれを指し示しており、その間それと同時に世界自体は、人間が生存可能な環境を整えていたのです。人間はすぐには創られなかったのです。なぜならその準備が整えられていなかったからです。[14]（〈3〉Ⅰ 二九）

このようにエマソンは、下等動物出現の後、長い年月を経て人間が登場するに至ったことを述べている。人類誕生に備え、自然界が気の遠くなるような年月をかけてゆっくりとその環境を整え、準備を進めてきたというこの発言は、まさに人間中心主義的である。下等動物が人間に先《さき》んじて出現したとするこの見解から、エマソンは生物が年代順に出現したという概念をもっていたことがうかがえる。[15]これは、万物が同時に創られたとする「存在の連鎖」という考え方が広く信じられていた当時においては、まだ新しい概念であった。

十八世紀まで科学界や思想界を含め、一般的に広く支持されていた、「存在の連鎖」という概念は、世界の万物はそのはじまりにおいて神が創造したという、旧約聖書の創世記にもとづく言説に重なるものであり、年代的順序や種の変化を明示しない点において、静的世界観を示している。[16] しかし、十八世紀末期には、無機物質は生物に、下等動物は高等動物に先んじ出現したという、時間的過程としての生成、由来という観念を含んだ新しい概念が現われはじめた（藤田　八、八杉　八―九）。時間性を伴うこの考え方は、天文学や、鉱山の開発や土木事業の推進のためにもたらされた地質学の研究などによってもたらされたと考えられる（藤田　八、八杉　三三―三九）。

「人間と地球との関係について」と題される先の講演において、エマソンはこの時間軸を考慮した概念を提示しているが、この講演の後には、地質学者チャールズ・ライエル（一七九七―一八七五）や、ダーウィンよりも半世紀前に進化について説明したとされるラマルクに学んでいたことが日記に示されている（〈5〉V　二三一、二二〇、藤田　八、高梨〈1〉一六五）。こうしてエマソンは、「無意識のうちに」今日の進化思想に近づいていったといえよう（ビーチ〈1〉三三九、高梨〈1〉一六六）。

一八四四年の論文「自然」のなかで、エマソンはさらに明確なかたちで進化の概念を披露している。

すべての変化はしごくなだらかに生じていく。〔……〕岩が形を成すまでに、どれほどの辛抱づよい期間がめぐらねばならないか、いまのわれわれはもう学んでいる。〔……〕花崗岩から牡蠣《かき》までは長い距離だが、プラトンと魂の不滅に関する説教とにいたる距離は、さらに遠い。〔……〕めざす方向はいつでも前方ばかりだ〔……〕。自然の仕事ぶりを見れば、推移していく体系を垣間見る思いがする。苗木は世界の雛《ひな》であり、健康と活力を蓄えた容器だが、しかしつねにうえに向かい、意識の領域をめざして模索をつづける。樹木は不完全な人間にほかならず、地中に根をはって身動きならぬ自分たちの身のうえを嘆いているようだ。動物は、もっと高度な階級の新参者で見習い生というところだ。(〈2〉Ⅲ 一七九―八二)(酒本訳〈下〉一六二―六四)

この一節には、種の変化を考慮に入れた進化論の概念が詩的な語り口で示されている。「花崗岩から牡蠣までは長い距離」ではあるが、すべての変化は「いつでも前方ばかり」である。「樹木は不完全な人間」であると述べているように、エマソンは木々のなかに初期の人間の形態を見出している。「意識の領域をめざして模索をつづける」植物と人間とが連続していることがほのめかされている。高梨が指摘するように、ここにおいては、より高次な段階へと進化を続ける自然界の営みが示されており、進化の思想がより強く反映された、極めて動的なエマソンの自然観が読み取れる〈〈1〉一六六〉。

その後、エマソンはますます進化論へと傾倒していく。そして、このことによって二つの存在を確信するに至った。一つ目は、自然界を貫く上昇螺旋運動、二つ目は、自然界を支配する知性である。まず前者の、自然界を貫く上昇螺旋運動とは、万物が上昇螺旋状に前進し続ける傾向を指す。[17]エマソンにとって、進化とは大自然のダイナミズムを貫く包含《ほうがん》的な法則であり、さまざまな物質が絶えず循環する自然界における、万物の上昇運動を意味するものであった。つまり彼は進化という現象に、円環状に創造を繰り返す自然界が擁する、より高次なレベルへと上昇しようとするエネルギーをみて取ったのである。この点において、彼が進化論から得た確信は、次の記述に集約されているといえよう。「あらゆる個体の発達は、螺旋を描くことになるであろう」[18]〈〈6〉Ⅷ 七七〉。ヴィヴィアン・C・ホプキンズが洞察するように、エマソンは科学を学ぶことによって、万物が、円環状の上昇運動――すなわち上昇螺旋運動――を経るなかで、より高次のレベルへと進化するという考えを支持するようになったのである〈一一三〉。

興味深いことに、この上昇螺旋運動にエマソンが固執していたことを示す証が、一八四九年に再版された『自然』のエピグラフに隠されている。『自然』は一八三六年に発表されたエマソンの第一作であり、彼の自然観を示す代表的なものであるが、一八四九年の再版時に、そのエピグラフが差し替えられている。[19]ここで、初版と再版における二つのエピグラフを比較したい。まず初版において、エマソンは古代の哲学者プロティノス〈二〇五―七〇〉の言葉を引用して、次のエピグラフを据えている。

自然は叡智《えいち》の創り出す像あるいは模倣《もほう》であり、
魂のとる最後のかたちに過ぎない。自然は
行為のみをし、理解はしないものである。[20]

これが一八四九年の再版時には、以下のような、エマソン自作の詩に差し替えられている。

無数の輪の微妙な連鎖が
もっとも身近なものをもっとも遥かなものに結びつける、
目はいたるところに兆《きざし》を読みとり、
あらゆる言語を薔薇《ばら》は語る、
そして人間になろうと努力しながら、毛虫は
形式のすべての螺旋をのぼりゆく。〈〈2〉Ⅰ 一〉（酒本訳〈上〉三五）

初版の詩では、自然が叡智の「像」や「模倣」という、極めて受動的な要素を強調するものとして扱われている。自然自体に積極的な主体性はなく、あくまで叡智や魂の従属的存在として

描かれている。

これに対し、再版時の改訂版では、自然の能動的な働きが強く示されている。「あらゆる言語を薔薇は語る」ように、自然界が生命力と躍動感に満ちた場として描出されている。そして、「人間になろうと努力しながら、毛虫は形式のすべての螺旋をのぼりゆく」という最終箇所は、万物が絶え間なく螺旋状に発展し続けるという、エマソンが当時進化論によって補強したとみられる思想が読み取れる。毛虫が人間を目指し螺旋をのぼるイメージに、エマソンが確信した、自然界における上昇螺旋運動の例証をみて取ることができる。このように、進化論を自らの視点で解釈するなかで、エマソンの自然観は静的なものから動的なものへと大きく変化したのである。

【図1】ラマルクは、生物が単純なものから複雑なものへと進化を遂げると論じた

進化論によってエマソンが確信したことの二点目は、自然界には進化を司る叡智——すなわち「大霊」——が存在するということである。[21]「創世記」の言説を字義どおり信じる、いわゆる特殊創造説を否定する進化の概念と相克したキリスト教世界において、進化論者は無神論者とみなされ迫害された。ラマルクは世間の猛烈な批判を浴び、チェンバーズは

自著『創造の自然史の痕跡』を匿名で出版せざるを得なかった。また、ダーウィンの書が物議を呼んだことは言《げん》を俟《ま》たない。[22]地質学的見地から、地球が常に変化し続けていることを証明し、ダーウィンにも影響を与えたとされるライエルですら、進化論を否定し、当時の科学に精通していたコウルリッジも、人間の起源を類人猿と結びつけることに嫌悪感を禁じ得ず、進化思想を「野蛮な理論[23]」であるとし、拒絶した。

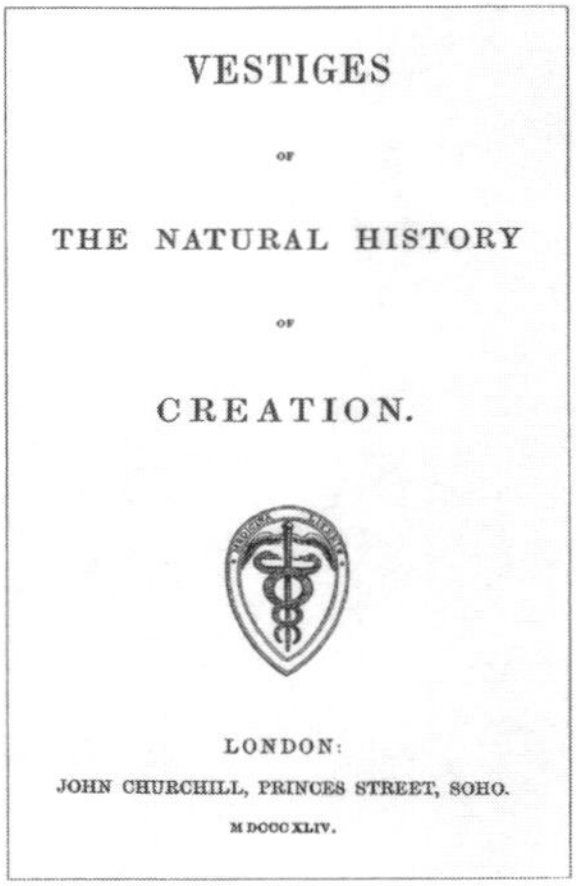
VESTIGES

OF

THE NATURAL HISTORY

OF

CREATION.

LONDON:
JOHN CHURCHILL, PRINCES STREET, SOHO.
M DCCC XLIV.

【図2】万物の進歩を説き、匿名で刊行されたチェンバーズ『創造の自然史の痕跡』（1844）の初版タイトルページ

こうしたなか、エマソンが自らの信仰と思想とに矛盾を感じることなく、進化論を進んで受け入れたことは特筆すべき事実であろう。彼は進化論に対して、当時多くの人々が抱いたような宗教上の疑念を抱くことはなかったようである。それどころか、進化論によって「大霊」に対するより強い信仰を得たのであった。エマソンは、下等なものから高等なものへと進化することを説くこの概念に、生命に潜在する可能性を見出し、神意《しんい》が自然界全体をあまねく統治していることを、喜びをもって確信するに至ったのである。エマソンにとって進化論とは、上昇螺旋状に変化し続ける自然界のダイナミクスを促す神の知性を証明するものにほかならなかったのである。[24]

これにより、エマソンは、人類や社会の未来に対する楽観的な信仰をますます強めるようになった。「エマソンの楽観主義は、科学が自然のみならず、人間精神の真理についても解明してくれると信じることで確立された」とオブチョウスキは述べる（六二九）。エマソン自身、「現代科学は、〔……〕満足と希望の感情をもたらす」と記している（〈2〉Ⅳ 八〇）。科学、なかでも進化論は、エマソンにとっては、自然界の際限ない可能性を暗示するものであり、人間精神の営みを象徴する理論でもあった。上昇螺旋状に進化し続ける自然界と同様に、人間精神もまた自己革新を重ねることで不断の成長を遂げることができ、それによって社会の理想も実現されていくということを信じるようになった。そのような意味において、進化論は、神から授かった一人ひとりの偉大な力を信じ、未来志向に努力を重ねることの重要性を説く自己信頼という思想の根拠となり得たのである。

もちろんエマソンの楽観主義は、進化論のみならず、当時のアメリカ社会に浸透していたフロンティア精神にもまた呼応していたといえよう。広大な西部に広がる「いまだ手つかずの」土地は、エマソンの目にも燦然《さんぜん》と輝く希望として映ったに違いない（クラーク 二五四）。科学の進歩や重商主義の進展と共に、フロンティアの存在はアメリカの人々にとって、明らかに国家発展に寄与する希望の象徴であった（クラーク 二五四）。そうしたなか、エマソンもまた、西部に広がるフロンティア、さらには万物の前進的変化を示唆する進化論や、宇宙の広がりを解明する天文学などの科学の進歩によって、世界の明るい未来像を描いたに違いない。こうしてアメリカ社会の繁栄が礼賛《らいさん》されるようになるなかで、エマソンもまた楽観主義者になり得たのである。

このようなエマソンの人間や社会に対する期待と信頼の基底には、紛れもなく神への篤《あつ》い信仰がある。エマソンにとって神とは、自然界の摂理を統括する偏在神（「大霊」）であり、既成の宗教や宗派の枠を超えるものである。彼は「神学部講演」（一八三八）において、形骸化したキリスト教を次のように批判している。

真の師の務めは、神が現に存在しているのであり、過去の存在ではないということ、神が現に語っているのであり、語り終えたのではないことを我々に説くことです。真のキリスト教――つまり、キリストが抱いていた人間の無限性への信仰――はいまや失われています。人間の魂を誰も信じず、ただ古《いにしえ》の亡き誰かを信じているに過ぎないのです。(25)〈2〉I 一四四)

ここでエマソンは、神と直接向き合うことなく、「古の亡き誰か」を信じることで、生きた信仰を失った教会のあり方を批判している。エマソンにとって真の信仰とは、キリスト個人に対してではなく、キリストによって説かれた「人間の無限性」に対しての信仰であるべきなのである。なぜなら、人間は例外なく神の属性を魂に宿し、そのことにより大いなる力を秘めた存在であるからである。

　エマソンは『自然』のなかで、印象的な一節を次のように書き残している。「わたしは一個の透明な眼球になる。いまやわたしは無、わたしにはいっさいが見え」る〈2〉Ⅰ 一〇）（酒本訳〈上〉四三）。この一節を検証するにあたり、以下のジャック・ナルの指摘を参考にしたい。

> 眼(eye)はエマソンにとって極めて重要である。〔……〕眼は最初の円であるが、それは眼が「我」(I)の通気口であり、自己への出入り口を提供してくれる、視覚／存在に関する場所だからである。（二六九―七〇）

要するに、眼(eye)《アイ》は「我」(I)《アイ》なのである。エマソン自身、「眼は最初の円である」〈2〉Ⅱ 三〇一）とも述べているように、彼にとって眼とは、自己の存在において最も根源的で最も重要な器官なのである。また、透明になることでいっさいを見るということは、透明性が全知全能を意味していると考えられる。つまり、「透明な眼球」とは、全知全能の自己、すなわち人間のもつ限りない可能性のシンボルであるといえよう。

　エマソンが主張した人間精神の無限性は、アメリカ・ルネッサンス期において広く支持され、その影響は、ウォルト・ホイットマン（一八一九―九二）やヘンリー・D・ソロー（一八一七―六二）らの思想にもみて取ることができる。これは、多くのアメリカ国民が、さらなる自国の発展を信じ、その輝かしい未来展望に胸躍らせていた、主に十九世紀前半の精神風土を反映したものであったといえよう。エマソンは、人間精神が常に変化し、螺旋階段を上り続けていくように、アメリカという国家そのものもまた、限りない成長を遂げることを信じた。アメリカがキリスト教や西欧の伝統から独立を果たし、アメリカ独自の国づくりを目指すよう人々を鼓舞した彼の主張は、後にアメリカの「知的独立宣言」として広く知られるようになった。そして、こうした思想は、当時のアメリカで高まる自信と発展の機運――これは十九世紀中葉に「明白な天命」(Manifest Destiny) というスローガンによって正当化された拡張主義へと向かうことになるのだが――をいっそう高めることに寄与したのである。

『自然』の冒頭の一節では、次のように謳《うた》われている。

太陽はきょうも輝いている。野にはまだ羊毛もあり亜麻もある。新しい土地があり、新しい人間があり、新しい思想がある。われわれ自身の仕事と法則と礼拝を要求しようではないか。(〈2〉I 三)(酒本訳〈上〉三七)

この一節が象徴しているように、アメリカが西方へ、前方へ、そして上方へと向かい、発展を遂げていくことへの期待が横溢《おういつ》しているエマソンの思想は、アメリカの建国以来の精神史に鑑みれば、優れてアメリカ的であるといえよう。

◉注

（1）一八五四年の講演“The Fugitive Slave Law”〈4〉七三―八九）の邦訳「逃亡奴隷法」は、酒本訳〈下〉二三七―六八）を参照。

（2）若干異なった見地から、ビュエルはエマソンの「抜け目ない戦略」を、この発言から読み解いている。すなわち、奴隷制問題は、エマソンに関与を強いるほどの重大な局面を迎えていることが、ここに示されているのである（〈1〉二七八）。

（3）一八四四年の講演“New England Reformers”（〈1〉Ⅲ　一四七―六七）の邦訳「ニュー・イングランドの改革者たち」は、原島善衛訳（五九―八九）を参照。

（4）自然科学は、エマソンの思想を形成するうえで必要不可欠な要素であった。エマソンと自然科学については、ジョセフ・ウォレン・ビーチ〈1〉、〈2〉、ハリー・ハイデン・クラーク、藤田佳子、髙梨良夫〈1〉を参照。また、本テーマに関する拙論、中澤〈2〉は、加筆修正のうえ、本章に反映されている。

（5）エマソンが「対応の思想」を確立させるうえで影響を受けた主な人物は、ジョセフ・バトラー（一六九二―一七五二）、サミュエル・テイラー・コウルリッジ（一七七二―一八三四）、ヨハン・ヴォルフガング・フォン・ゲーテ（一七四九―一八三二）、アイザック・ニュートン（一六四三―一七二七）、ウィリアム・ペイリー（一七四三―一八〇五）、プラトン（紀元前四二七―三四七）、エマヌエル・スウェーデンボルグ（一六八八―一七七二）、ウィリアム・ワーズワス（一七七〇

―一八五〇)、ウィリアム・ウォラストン(一七六六―一八二八)らである(クラーク 二二六―二二七)。

(6)引用部分の邦訳は、藤田訳(八)を参照。

(7)ケプラーは、惑星運動について最初に説明をしたドイツの天文学者である。ラプラスは、太陽系の安定性に関する研究で有名なフランスの数学者であり天文学者である。フレデリック・ウィリアム・ハーシェルは、自身が製作した天体望遠鏡を使った天王星の発見や、星の進化論を構築したことなどで知られるドイツ出身で英国の天文学者である。その息子ジョン・フレデリック・ウィリアム・ハーシェルは、天文学者として父の研究を引き継ぎ、多くの業績を残した。フレデリック・ウィリアム・ハーシェルの妹カロライン・ルクリーシャ・ハーシェル(一七五〇―一八四八)もまた天文学者として兄の研究に貢献した。サマヴィルは、太陽光の磁化作用などについて研究したスコットランドの天文学者である。これらの天文学者たちについては、『ブリタニカ』(「ケプラー、ヨハネス」、「ラプラス、ピエール゠シモン、マーカス・ド」、「ハーシェル、サー・ウィリアム」、「ハーシェル、サー・ジョン」、「ハーシェル、カロライン・ルクリーシャ」)、『ディクショナリー・オブ・サイエンティフィック・バイオグラフィ』(「サマヴィル、メアリー・フェアファクス・グレイグ」)を参照。

(8)高梨は、地動説が伝統的な価値観を覆したことに注目し、エマソンが地動説によりカルヴィニズムへの疑念を強めたことを指摘している(〈1〉一六一)。

（9）引用部分の邦訳は、髙梨訳〈1〉一六一）を参照。
（10）クラークと髙梨もまた、エマソンの牧師辞任の背景に天文学の影響があるとみている（クラーク二三六、髙梨〈1〉一六一）。
（11）引用部分の邦訳は、藤田訳（六）を参照。
（12）引用部分の邦訳は、髙梨訳〈1〉一五九）を参照。
（13）現代の我々にとって進化論とは、種の変化を説くジャン・バティスト・ラマルク（一七四四―一八二九）やチャールズ・ダーウィン（一八〇九―八二）の説を意味するが、本書では、髙梨と同様に、種の変化を説明しない、次に挙げるような、いくつかの考え方を含む、幅広い意味で進化思想を捉えたい（〈1〉一六四）。ビーチは、進化の思想を以下のように三種類に分けている。

（1）ラマルクやダーウィンによって唱えられたような、生物は下等なものから「高等」なものへと自然に派生したとする「種の変化」を説くもの。
（2）（1）の説のような進化への示唆はないものの、やはり時系列に連なる一連の出来事であると説くもの。つまり、歴史的にみて生物は無機物よりも後に出現しており、下等生物は段階的に上昇する過程を経て高等生物につながっていると説くもの。
（3）時系列すら示唆しない、すなわち出現時期の連続性をいっさい考慮しないもの。生物の系統を下等なものから高等なものに分類することで整理し、全自然を貫く構造の同一、

性を示すもの。〈2〉四七七―七八、強調は原文のまま）〔以上の邦訳は、髙梨訳〈1〉一六四）を参照〕

（1）に関して、ラマルクはダーウィンと類似した理論を展開しているが、両者の異なる点は、ダーウィンが進化の要因として自然選択説を提唱し、科学的根拠を示した点などにある（松永二一九―二二）。

(14) 引用部分の邦訳は、髙梨訳〈1〉一六五）を参照。

(15) この引用部分における解釈については、ビーチ〈1〉三三七―三八、〈2〉四八二―八三）、藤田（七―八）、髙梨〈1〉一六五）を参照。

(16)「存在の連鎖」については、ビーチ〈2〉四七六―七八）、藤田（八）、松永俊男（一六―二〇）、八杉龍一（七―一〇）を参照。

(17) 上昇螺旋運動は、エマソンの思想体系を顕著に表わすものと考えられる。エマソンの著作に横溢している、最も基本的な文学的表象は、円形である。さらにこれらの円形は、時間の経過に従って限りなく上昇を続けることにより、上昇螺旋形を成していくものである。この無限に上昇、発展していく螺旋形は、エマソンの文体構造においても象徴的に示されている。

これはエマソンの人間精神の成長に対する期待の顕現であるといえる。すなわち、彼は個々人に備わる、神へと向かい上昇螺旋状に成長を遂げ続けることのできる力を信じたのである。この意味において上昇螺旋形は、エマソンの楽観主義、自己信頼、そして個人主義を体現している。エマソンの上昇螺旋についての詳細は、拙論、中澤〈2〉を参照。

(18) エマソンはこの言葉を、自らの思想に大きな影響を与えた、ドイツ系アメリカ人哲学者であるヨハン・バーナード・スタロ(一八二三―一九〇〇)から引用している(ビーチ〈1〉三四〇、〈2〉四八九)。スタロは、主に科学の哲理や、物理学、化学、生物、社会学といったさまざまな研究の本質や前提に興味を示した。

(19)『自然』のエピグラフ書き換えと進化論に関しては、エドワード・ウォルドー・エマソン(四〇三―〇四)、ビーチ〈1〉三四〇、〈2〉四八九―九〇)、クラーク(二四〇)、藤田(五―六)、高梨〈1〉一六六―六七)を参照。

(20) E・W・エマソン(四〇三―〇四)より引用。引用部分の邦訳は、高梨訳〈1〉一六六)を参照。

(21) この点は、以下に挙げる批評家も示唆している。クラーク(二五四)、ダンカン(一三一―一四)、藤田(一四)。

(22) ラマルクは人間が動物の過程を経て出現したと考え、キリスト教文化において大きな論争を引き起こした。チェンバーズもまた、自著のなかで人間を含めた万物の変化過程について示したため、出版の際、匿名にせざるを得なかった。この点に関する詳細は、松永(一六―一〇三)を参照。

(23) ビーチ〈1〉三三七)より引用。

(24) 藤田も指摘するように、エマソンが受け入れた進化論は、ライエル、チェンバーズ、ラマルクらの唱えた理論であり、自然選択説を説明したダーウィンの理論ではなかった（一四）。事実、エマソンはダーウィンの自然選択説にはほとんど興味を示さなかった。一八五九年に『種の起源』が発表された時、エマソンは日記にその事実のみを書き留めている。また、一八七三年の日記には、「ダーウィンの『種の起源』が一八五九年に出版されたが、スタロは一八四九年に、〈動物は人間の胎児に過ぎない〉と書いている」（〈5〉XVI 二九八）と記し、この点においてダーウィンに新奇性を見出していない（一四）。

（25）引用部分の邦訳は、酒本訳（〈上〉一八〇）を参照。

第二章　エマソンと奴隷制

1　社会への責務と正義感——個人と社会の狭間で

一八三〇年代、アメリカにおいて奴隷制や先住民族を巡る問題が先鋭化し、これらの解決に向けた運動が多方面で繰り広げられるようになった。そうした状況にもかかわらず、エマソンは、しばらくの間こうした運動にあえて携わろうとはしなかった。その最大の理由は、おそらく彼自身の個人主義と、当時アメリカにおいて多くの知識人が抱いていた「科学にもとづく」人種偏見にあったのではないだろうか。

すでに述べたように、エマソンは進化を続ける自然界の秩序に則《のっと》って、人間精神もまた天賦《てんぷ》の力で自ずと進化を遂げ続けることを信じた。社会的弱者においても例外なく、誰もが与えられた環境下で、困難を克服できる力を有することを彼は信じたのである。こうした考え方は、慈善やあらゆる改革運動そのものの否定につながるものであり、多くの活動家を失望させたのであった。一八三七年、エマソンは次のように言及している。

哲学、理論、希望、これらのすべては、社会に適用されれば無効になる。社会のなかにはどうすることもできない凶暴な力が働いているのだ〔……〕。進歩は社会のためにあるのではない。進歩は個人に備わったものである。（〈3〉Ⅱ 一七六）

「進歩」は「社会」ではなく、「個人」が成し遂げるべきものであり、「哲学、理論、希望」を社会に適応させることはできない。すなわち、改革という文脈に当てはめれば、改革は個人のもとで遂行されなければならず、一人ひとりが自己改革の努力を重ねることで、社会改革が実現されるのである。このように考えたエマソンは、自己信頼の重要性をいっそう強く主張し、改革運動に対しては消極的であった。

しかしながら、そうしたエマソンも、奴隷制に対する嫌悪感を禁じ得ず、やがて奴隷制廃止運動へと駆り立てられていった。その契機となったのは、「一八五〇年の妥協」であった(1)。これは当時、主に奴隷制を巡り緊張状態にあった北部と南部との、文字どおり妥協をはかるために可決された五つの法を指すが、なかでも逃亡奴隷の返還を、奴隷制を認めない北部市民にも義務付けた逃亡奴隷法は、エマソンにとっても衝撃的なものであった。これを機に、もはや彼にとっても奴隷制がそれ以上看過《かんか》できぬ問題となり、それ以後、彼は多くの時間を奴隷制廃止運動に費やすことになったのである。

　当時のエマソンの心境が、親交のあった英国の作家トマス・カーライル（一七九五―一八八一）に宛てた書簡に次のように示されている。「その春は、あの忌《い》まわしい逃亡奴隷法案のために、執筆や講演活動に奔走することになりました。何らかの影響を与えたかったというよりも、ただそうせずにはいられなかったのです」（R・W・エマソン／カーライル　四七〇）。このようにエマソンは、逃亡奴隷法を契機に、奴隷制問題に深く関わりはじめることになった。それまでは、表立った活動を極力避けていたエマソンであったが、結局は奴隷制に対する嫌悪感が、彼を突き動かす原動力となったのである。また、彼に対する世間の期待やプレッシャーも計り知れず、そうした社会に対する責務と自らの正義感から、エマソンはそれ以上、これらの問題から目を背けることはできなかったのであろう。

　ストライシックが述べるように、これまで研究者たちは、エマソンの反奴隷制を訴える活動を、自己信頼にもとづく彼の思想とは本来矛盾した、例外的な行動とみなしてきた（一四二）。しかし、それは、彼の思想から逸脱した行為ではなく、むしろその延長線上にあったのだが、これはひとえにエマソンの自己信頼が、常に道徳的責務に強く結びついていたからである（一四一）。

　一八五一年、逃亡奴隷法をテーマとした演説において、エマソンはこの法の非人道性を非難し、次のように述べている。「この法律は〔……〕我々の義務観念に背くものです。非道徳的な法は、いかなる危険をおかしても破ることが人間の果たすべき責務だからです。善こそが我々人間本来の自己なのです(2)」(〈4〉五七)。人間の本性は「善」であり、我々には非道徳的な法を否定する道義上の責務がある。自己信頼とは、「善」である自己への信頼であり、「善」に従うことが人間における至上の義務とするのである。

さらに、エマソンは、自己信頼には行動が必要であると考えていた。「アメリカの学者」(一八三七)において、次のように述べている。

行動は学者にとって副次的なものですが、不可欠なものでもあります。行動が欠けていれば、学者はまだ一人前の人間ではありません。行動が欠けていれば、想念が熟して真理という実を結ぶことは絶対に不可能です。〔……〕非行動とは臆病だということですが、しかし雄々しい精神を持たぬ学者などというものはあり得ません。思想の述べる前口上、無意識の領域から意識の領域へと思考の辿る通り道が行動なのです。(〈1〉I 五九)(酒本訳〈上〉一二七)

ここでは、「学者」にとっての行動の重要性が説かれているが、ここでいう「学者」とは、自己を信頼し思索する人のことである(〈1〉I 五三—五四)。すなわち、行動は自己信頼をするうえで「不可欠」なのである。それは、行動が思想を結実させる唯一の方途だからであり、そのため、エマソンは行動を義務とみなすのである。

エマソンにとって、自己信頼と責務とは切り離すことのできないものであった。この点に関して、ストライシックは次のように述べる。「エマソンにとって自己信頼は責務と結びついていた。もし彼が仲間に対する責務を感じていなかったら、あるいはもし連帯感を感じていなかったら、あえて講演や説教、そして執筆することは、まずなかったであろう」（一四三）。個人の自己改革を重んじ、公的活動を避けたエマソンを、最終的に改革運動へと駆り立てたものは、社会に対する責務と、自由や人権といった大義に対する強い忠誠心であったのである。

こうしてエマソンは、社会的な責務を全《まっと》うすべく、奴隷制廃止運動に参加するようになるが、それ以降も依然として、公の問題に対する消極性が、彼の内で完全に消えたわけではなかったようである。この消極性と、強い義務感との間で葛藤し続けたエマソンは、その解決を、「公私二頭の馬」を操ることに見出していたと考えられる。「運命」（一八五三）のなかに、次の記述を残している。

> 人間であることにそなわるさまざまな謎を解く鍵、解決法がひとつある。運命、自由、予知のからみ合うむかしながらの結び目を解きほぐす方法がひとつある。すなわち、二重意識を提示することだ。人間は、ちょうどサーカスの曲馬師が馬から馬へと敏捷に飛び移り、

あるいはひとつの馬の背にいっぽうの足を、もうひとつの馬の背にもういっぽうの足をかけるように、自分の私的な本性という馬と公的な本性という馬とに、かわるがわる乗らなければならない。(〈2〉Ⅵ 四七)(酒本訳〈下〉二三一)

エマソンは公的活動に関与する際に生じる内面の葛藤を解消する術《すべ》について、サーカスにおいて二頭の馬を巧みに操る馬術の名人芸をイメージしている。二頭の馬を器用に乗りこなすようにして、公私における「二重意識」(3)を同時に提示することで、社会的な活動と精神的な営みとの両立をはかろうとしたのではないだろうか。このような高度なパフォーマンスの描写は、いかに彼が公私にまたがる葛藤に苦しんでいたかについてもまた物語っている。

こうしてエマソンは、公的な自己と私的な自己との間で絶妙なバランスを取りつつ、社会に対して真摯《しんし》に向き合おうとした。生きるうえで人間社会に対する責務を放棄することはできないと感じたからである。「人間は時代の抱える問題から抜け出すことはできない。政治から逃れられないのは、寒気《かんき》から逃れられないのと同じである」(4)と一八六三年の日記において綴っている(〈5〉XV 二八)。特に奴隷制を巡る問題が緊迫化するなかで、社会問題に関わらざるを得ないと考えるに至ったエマソンは、公私における自己のバランスを保つことで、社会に対する責務を懸命に果たそうとしたのであろう。

2　奴隷制問題と人種観を巡って

奴隷制を巡る問題は、エマソン家においても決して無縁ではなかった。エマソンの父、ウィリアム・エマソン（一七六九―一八一一）は、つましい生活にもかかわらず、ボストンにあるスミス・スクールという黒人の子供を対象にした無償の共学校を、一七九八年から亡くなる一八一一年まで支援し続けていた（グジョン〈1〉三四五、〈9〉二四）。また、叔母メアリー・ムーディ・エマソン（一七七四―一八六三）とその継父エズラ・リプリー牧師（一七四九―一八四一）は、一八三〇年代から四〇年代にかけての奴隷制廃止運動に深く与していた（グジョン〈1〉三四五―四六、〈9〉二四）。

【図3】エマソンの父、ウィリアム

【図4】エマソンの叔母、メアリー

叔母メアリーは、独身を貫き、その生涯を甥《おい》であるエマソンの教育と奴隷制廃止運動に捧げた。(5) 彼女は、八歳になる年に父を亡くしたエマソンにとって幼少期からの思想上最大の教育者であり、彼に与えたその影響は計り知れないものがあった。エマソンが初めて奴隷制について言及した記録が、一八二一年の資料に残されているが、ここにメアリーの影響を読み取ることができる。メアリーは、「倫理哲学の現況について」という論文の執筆準備をしていた当時学生であったエマソンに宛てた書簡のなかで、英国の哲学者リチャード・プライス（一七二三―九一）の見解について、次のようにコメントしている（コール〈4〉七〇）。「善と悪は、あらゆる慣例に優先する主張を有し、不変の性質をもつものです」（一三九、強調は原文のまま）。メアリーの道徳律に関する理想主義的な思索に刺激を受けたエマソンは、奴隷制に言及しながら、次のような考えを記している。

奴隷制という疫病の流行地は、手遅れになる前に完全に清められなければならない。〔……〕我々の身を高みに据え、そこから立法行為が辿《たど》ってきた全歴史を一挙に概観し、法律の善悪について判断しながら、道徳上何が真実であるかを考えることは〔……〕高邁《こうまい》なことである。（〈10〉七七、七九）

奴隷制の問題を引き合いに出しながら、立法行為における善悪の問題についての思惟《しい》が示されている。ここでエマソンは、「身を高みに据え」ることで、そこから「法律の善悪について判断」することが望ましいとしているが、奴隷制廃止に向けた政治的な具体策については十分に述べていない。しかし、この時すでに奴隷制は「疫病」であり、「完全に清められなければならない」と述べている点は注目に値する。当時はまだ、『エマンシペイター』紙、『アボリション・インテリジェンサー』紙、『ジニアス・オブ・ユニヴァーサル・エマンシペイション』紙といった、ごく少数の反奴隷制新聞がようやく奴隷制について議論をはじめた時期であったのだ。

その後も、奴隷制はエマソンにとって嫌悪の対象であった。一八二二年の日記には、次のように書かれている。

どんなに見かけ倒しの議論を重ねても、地球上で最悪な制度の完全なる有用性を立証することは、明らかに理性や良識への暴力である。どんなに巧妙な屁理屈を並べ立てても、まともな精神が奴隷制を許すことなどあり得ないのである。(6)(〈5〉Ⅱ 五七、強調は原文のまま)

「地球上で最悪な制度」すなわち「奴隷制」は、「理性や良識」に反するものであるという批判のなかに、人間精神の自由や平等を掲げるエマソンの基本姿勢が読み取れる。しかし、奴隷制を容認しない北部のボストンを拠点に暮らす当時十代のエマソンにとって、この時点ではまだ奴隷制は単に道徳上の堕落を示す一例に過ぎなかったといえる。

しかし、一八二七年、エマソンは奴隷制がいかに惨《みじ》めなものであるか身をもって体験した。(7)静養のためフロリダのセント・オーガスティンを訪れ、聖書協会に出席した際、隣で奴隷が競売にかけられている場面に遭遇したのであった。眼前でキリスト教と奴隷制との矛盾が露呈《ろてい》したその時の様子について、彼は日記に次のように書き留めている。

一方の耳には喜びに満ちた朗報が、もう一方の耳には「さあ旦那、もうひと声だ」というセリフが飛び込んでくる。そしてほとんど姿勢を変えずに、我々は聖書をアフリカに送る支援をしながら、「まさにそのアフリカから誘拐され母のない四人の子供たち」を競売で競《せ》り落としかねないのだ。〈5〉Ⅲ 一一七)

当時のアメリカにおけるいい逃れのできない矛盾を象徴するこの出来事は、エマソンにとって不快極まりなく、それ以降の日記には、奴隷制問題についての言及が幾度も繰り返されている(グジョン〈1〉三五四)。当時、アメリカ国内においては、奴隷制を巡る状況が悪化の一途を辿っていた。綿花の需要増加に伴い、南部では奴隷を使ったプランテーション化が進み、反奴隷制感情が看過できぬほどに高まりつつあった。こうしたなか、ウィリアム・ロイド・ギャリソン(一八〇五―七九)は、一八三一年に反奴隷制を訴える『リベレイター』紙を刊行し、ウェンデル・フィリップス(一八一一―八四)は、その二年後にニューイングランド反奴隷制協会を立ち上げた。一八三一年、牧師職にあったエマソンもまた、反奴隷制主義者にボストン第二教会の説教壇を提供している（ムーディ　四―五、ラオ　七六）。

当時のエマソンは、奴隷制廃止論者に共感していたにもかかわらず、奴隷制廃止運動への積極的な参加をためらっていた。第一章でも論じたように、あらゆる社会問題は、詰まるところ

【図5】奴隷競売では、子供もその対象であった

【図6】ミシシッピの綿花プランテーションの様子
1793年の綿繰り機発明により、作業の効率化が進み、奴隷制下での綿花生産は、南部に大きな繁栄をもたらした

【図7】ラヴジョイが経営していた印刷所襲撃を描いた木版画。当時、奴隷制廃止論者たちは、財産や命を脅かされた

人間の堕落に起因し、改革は個人からはじめられなければならず、改革運動自体が問題の根本的な解決にはならないと考えていたからである。

しかし、エマソンのこうした個人主義的な姿勢は、一八三四年から三七年にかけての奴隷制擁護者による奴隷制廃止論者に対する相次ぐ暴力事件を背景とした社会混乱のなかで試されることになった(8)。一八三五年には、ニューヨークから運ばれた奴隷制廃止論者の積荷がチャールストンの郵便局長によって押収され、暴徒によって公の場で焼き払われるという事件が起こった。またその翌年には、下院でいわゆる「討論抑圧令」("gag rule")が承認され、これにより議会で奴隷制に関する請願についての討議が、事実上すべて見送られることになった。あまつさえ、一八三七年には、イリノイ州オルトンで奴隷制廃止論者の印刷所が暴徒により襲撃され、印刷所を経営していたイライジャ・P・ラヴジョイ（一八〇二―三七）が殺害された。自己犠牲的活動に身を投じた彼を、「真の英雄」として称えていたエマソンにとって、この事件の与えた衝撃はとりわけ大きいものであった。エマソンはついに公の場で講演を行ない、奴隷制問題に関して初めてその重い口を開いたのである。

エマソンによるその記念すべき一八三七年の講演は、しかしながら、奴隷制廃止論者の期待を裏切るものであった。この講演においては、奴隷制廃止ではなく、「討論抑圧令」によって脅《おびや》かされた言論の自由についての議論に主眼が置かれていたからである（グジョン〈1〉三四五、〈9〉三九、ムーディ 五）。奴隷制廃止に関して、当時エマソンが固執していたことは、依然として自己革新に向けた一人ひとりの精神修養の必要性であった。「我々にも悪が潜むことを思えば、兄弟に対する非難がいかに辛辣《しんらつ》であることか。〔……〕南部の農園主を咎《とが》めるのではなく、彼が罪深いと同時に不運であることを認めようではないか」[9]。エマソンはこのように述べ、南部の奴隷所有者の立場にある程度の理解と同情を示したのである。人間には誰にでも「悪」が潜み、決して他人を非難できる道理はなく、己の罪を償うことができるのは己のみであるとし、改革を個人の努力に委《ゆだ》ねる。こうしたエマソンの姿勢は、奴隷制廃止論者にとっては、「冷淡で哲学的」（キャボットⅡ 四二六）であり、到底彼らを満足させることはできなかったのである[10]。

他方、ちょうどこの時期、エマソンは先住民問題にも関与している[11]。一八二八年、チェロキー族居住地で金が発見されたことに加え、白人の人口増加に伴う土地不足から、一八三〇年代初期にかけて、先住民の強制移住が盛んに議論されるようになった[12]。結果として、アメリカ政府との理不尽な契約を余儀なくされたチェロキー族は、一八三八年から三九年にかけて、南東部の居住地域を強制的に譲渡させられ、西部への移住を強いられることになったのである。

これを受けて、エマソンは、チェロキー族強制移住に対する抗議集会において、「チェロキー族の訴え」と題する講演を行なったほか、時の大統領マーティン・ヴァン・ビューレン（一七八二―一八六二）に書簡を送った⒀。そのなかでエマソンは次のように政府を批判している。

あらゆる信念や徳をそのように放棄し、正義をそのように否定し、慈愛を求める叫びにそのように耳を閉ざす行為は、平和な時代において、また連合国や行政区をもつ一国家の取引においては、前代未聞のことでした。政府は合衆国民が野蛮かつ狂気に陥ってしまったとお考えでしょうか。愛と善意が国民の心から完全に一掃されてしまったのでしょうか。魂、正義、慈愛といったものは、メイン州からジョージア州に至るまで皆がもつ心の本質であり、この取り決めをひどく嫌悪しています。〈4〉三）

【図8】土地を奪われた先住民たちが辿った「涙の道」では、多くの命が失われた

このようにエマソンは、抗議する市民の訴えを代弁し、政府に対しチェロキー族強制移住について強く批判し、その政策の見直しを迫っている。抑圧的権威に対する、エマソンのこうした

社会的弱者の視点に立った抗議行動は、後に奴隷制問題においても繰り返されることになるが、それは、これらの問題が、自由や人権といった正義を重視するエマソンの倫理観や思想に、本質的にそぐわぬものであったためである。

かくて、一八三七年に行なった初めての反奴隷制講演や、チェロキー族に関する抗議行動は、エマソンが政治の問題に介入する契機とみなされた（グジョン〈6〉xviii、〈9〉六二、コリソン 一八七）。エマソンの大統領への書簡を掲載した一八三八年一月二十二日付けの『リベレイター』紙には、次のようなコメントが付け加えられている。

次の書簡から感じられる大胆かつ力強く、そして独自の筆致は、最高の称賛に値するものである。国内全紙で公表され、全家庭で読まれるべき内容である。それを生み出した精神が、奴隷の苦しみに心動かされぬことなどあり得ようか。いや、あり得ないだろう。[14]

しかし、その後エマソンは、奴隷制に関して七年もの間沈黙を守っている（グジョン〈6〉xx、〈9〉四一）。「おそらくこの時期のエマソンが、奴隷制廃止運動に積極的に参加しなかったのは、黒人が劣等人種であることを信じていたからであろう」とグジョンは指摘する（〈9〉六六）。実際のところ、エマソンは若い頃より、当時としては平均的ともいえる人種偏見を抱いていたようである。[15] たとえば、一八二二年の日記には、次のような記述がある。

自然は明らかに異なる人種に異なる度合いの知性を賦与《ふよ》してきた。その障壁は乗り越えがたいものである。この不平等は、ある者は統治し、またある者は従うべき立場にあるという神の意図である。(〈5〉Ⅱ 四三)

この記述から、エマソンが知性における人種間の歴然たる差異を認めていた事実が読み取れる。人種間の知的「不平等」が、主従関係を正当化するための「神の意図」であるとするこの見解は、奴隷制をも容認しているかのようにも受け取れる。

同年の日記に、アフリカ人の知的劣等性についての記述が残されている。奴隷制の賛否を巡る議論についての思索のなかで、彼は次のように記している。

言語を操る点を除き、知性は象以下である、腫《は》れぼったい唇と狭い額をもつ幾人もの黒人を至る所で目の当たりにした。彼らはこの賢い動物よりも優れた存在として、それを統治するよう意図されて創られたのであろうか。人間の最高秩序の前では、アフリカ人は利口な野獣と大差なき、下等な人種として存在するだろう。(〈5〉Ⅱ 四八)

若き日のエマソンが、アフリカ人の知性が白人のそれに及ばず、劣等人種であると考えていたことがここに明示されている。動物同然の知性を有する黒人が、人間としての尊厳に欠ける存在であるとの認識が示されているこの発言に、当時十代のエマソンが人種的な偏見をもっていたことがうかがえるのである。

こうしたエマソンの人種観は、特に進化思想によって正当化されたとも考えられる。十九世紀の進化論者と同様に、エマソンもまた、アフリカ人が進化の途上に位置する劣等人種であり、そして、劣等人種はやがて淘汰《とうた》されるべき運命にあるという考えをもっていたのである。一八四〇年の日記には、人種に関する見解が以下のように記述されている。

この奴隷制廃止は不思議な歴史である。黒人は非常に古く、いわば化石種に属すに違いない。いかなる権利があって、黒人は現代文明の夜明けである、この白人サクソン族王朝に忍び込むのであろうか。劣等人種は間もなく消滅するに違いないことは明らかである。〔……〕これは劣等人種の現実そのものである。常にあるのは優勢種の生きる場所である。
（〈5〉Ⅶ 三九三）

ここには、アングロ・サクソンに比して、アフリカ人が劣等であるという認識から、エマソンが奴隷制廃止運動そのものの正当性に懐疑的であることが示されている。進化の過程で、「常にあるのは優勢種の生きる場所」であると考える当時のエマソンは、劣等人種の消滅に必然性を認めているのである。

十九世紀においては、奴隷制廃止論者もこうした人種観を共有していた。デイヴィッド・S・レナルズは、ルイーザ・メイ・オルコット（一八三二―一八八八）の父であるブロンソン・オルコット（一七九九―一八八八）、ソロー、セオドア・パーカー（一八一〇―一八六〇）らも同様の認識をもっていたことを指摘している（四六二）。たとえば、奴隷制廃止論者として著名なパーカーは、「アフリカ人は知力全般において、またゲルマン民族が強くもつ自由を希求する衝動においても、白人より大いに劣っていることは疑いようのないことである」[16]と述べ、アフリカ人が人種的に劣った存在であると考えていたのである。つまり、こうした白人の奴隷制廃止論者たちは、あくまで奴隷に自由を与え得る白人の優越性を前提としたうえで、奴隷解放に尽力していたといえるのである。こうしたことから、ビュエルは、「エマソンの人種偏見は、ほとんどの北部の白人奴隷制廃止論者たちよりも酷《ひど》いものではなかったし、平均的な北部の白人よりも遥かにましなものであった」[17]と論じている（〈1〉二五九）。

もっとも、改革の原点を自己に据えていたエマソンにとって、こうした人種観は、「最も厄介な要素」であった（リード　一六六）。自己信頼を旗印《はたじるし》に、いかなる人種やいかなる立場の人間にも、自らの救済についての責任があると考えていたエマソンにおいて、もしアフリカ人やそのほかのマイノリティが人種として劣等であるとするならば、彼らには自己信頼を貫くだけの資質や能力が欠けているのではないか、という疑念が生じたのである。

このような自己矛盾を抱えつつも、奴隷制問題の緊迫化に伴い、エマソンの奴隷制廃止主義への関心は徐々に強まっていった。自由を奪う奴隷制度に対する本質的な嫌悪感が、彼の内から消えることはなかったのである。なぜなら、エマソンは人種偏見をもってはいたものの、人間精神における平等性を信じたからである。白人に比べ「黒人は人種的に劣等であるが、精神的には平等」とする考え方は、当時の奴隷制廃止論者にも浸透していた（グジョン〈1〉三五五、〈9〉三五五）。エマソンは一八三四年の日記にこう記している。「人間は誰もが自己のなかに、真に神聖なものを宿している。それゆえ奴隷制は許されざる侮辱《ぶじょく》なのだ」[18]（〈5〉Ⅳ 三五七）。すべての人間に神性が備わる以上、奴隷制は罪であり、決して容認されてはならないとする。つまり、フィールドも示唆するように、この当時のエマソンの人種観は、能力や知性と精神とを二分するものであったのである（二七）。

やがてエマソンは、こうした人種観を自ら積極的に見直そうとした。奴隷制を憎悪する立場から、人種間の平等性について熟考するようになったのである。[19]彼は能力や知性をはじめとするあらゆる面において、人間が平等の資質を有していることを裏付けるさまざまな研究を進んで受け入れた。たとえば、一八四四年には、B・P・ハントというハイチ在住のアメリカ人による「クレオール人との週末――西インド諸島からの投書」と題する報告記事を、エマソンは自らが編集に携わる超絶主義機関誌『ダイアル』に掲載している[20]（G・W・アレン 四二四、グジョン〈9〉 六八）。この記事のなかでハントは、西インド諸島にある、四、五百人の白人と黒人生徒の通う日曜学校を訪問し、彼らに見られる人種差について、次のようにまとめている。

〔学校を管理する〕シムズ氏は、黒人と白人の子供が知性の面でまったく対等であるという、しばしば耳にする主張が事実であることを確かめた。〔……〕そこにいた黒人の子供は、みたところ私がこれまで目にしたあらゆる集団の子供と同様に、快活で明晰《めいせき》な精神をもっていた。質問に対し即座にはきはきと答え、一緒にいた白人の子供とも遜色《そんしょく》がないように思われた。〔……〕黒人の幼児に愚鈍な特徴はほとんど見受けられない。しばしば白人の子供の方にそうした特徴がより多く見られるくらいだと思う。（五二二）

ハントは、学校を管理するシムズ氏の意見を紹介したうえで、黒人と白人の子供が「知性の面でまったく対等である」と考察している。黒人の子供は、知性においてのみならず、さらには能力や生活態度全般においても、白人の子供と同等であり、また、「快活で明晰な精神をもっていた」ことを報告している。グジョンも論考するように、この頃のエマソンは、こうしたハントの報告やそのほかの類似の見解を肯定的に受け止めるなかで、それまで抱いていた人種偏見を徐々に払拭《ふっしょく》しはじめたようであった[21]（〈2〉五七一）。

3　奴隷制廃止運動への参加

自らの人種観を軌道修正しながら、エマソンはその後、奴隷制廃止運動に対し積極性を見せるようになった。一八四四年、マサチューセッツ州コンコードで開かれた英国領西インド諸島における奴隷解放記念式典で、奴隷制廃止論者に向けて講演を行ない、そのなかで、次のように述べている。[22]

この奴隷制廃止の辿ってきた歴史のなかで喜ばしいことといえば、黒人の性質に関する昔からの低俗でつまらない考えを打ち消したことです。〔……〕いまや黒人はほかの人種以上に、急激な文明化に対して敏感であるようです。〔……〕

この奴隷解放という出来事が我々の興味を引くのは、主に白人が譲歩したことによるものだと述べてきましたが、一部には黒人自らが手に入れた結果であると付け加えましょう。彼らは同情や敬意を勝ち取りましたが、それは彼らの力や生まれもった資質によるものです。〔……〕私はこの祝典に際し、黒人が白人に肩を並べ得るという誇らしい事実に気付くことができるのです〔……〕。〈4〉二九―三一）

黒人の劣等性を示唆した、かつてのエマソンの主張とは明らかに異なる考えがここに示されている。本章でもすでに見たように、これより四年前の一八四〇年、エマソンは「黒人は非常に古く、いわば化石種に属す」と述べていた。しかしここではそのような人種観を「黒人の性質に関する昔からの低俗でつまらない考え」と一蹴《いっしゅう》している。その誤謬《ごびゅう》を認めたうえで、奴隷解放を巡る闘いにおける勝因の一つに、黒人の能力や資質を挙げている。西インド諸島の奴隷たちが自由を勝ち得た事実は、エマソンに黒人の劣等性を否定してみせたのであった。このように、この数年間でエマソンは、人種観を見直すことで、奴隷制廃止主義に対しより共鳴するようになったのである。

また、この講演において、エマソンはマサチューセッツ州でアフリカ人が違法に捕らえられたことに対する怒りを表わしている。アフリカ人が違法に奴隷化される事件をたびたび耳にしたエマソンは、そのような非人道的な行ないに対して驚きと怒りを隠せず、「アメリカ合衆国はすでに終焉《しゅうえん》を迎えています。マサチューセッツを代表する市民がこのように侮辱されるのですから」（〈4〉二五）と語気を強めている。

さらにこの講演において注意を引くのは、エマソンの奴隷所有者に対する見解にも変化が見られる点である。彼は次のように奴隷所有者への抗議を表明している。

時に我々はこういいます。大農園主は奴隷が欲しいのではなく、奴隷によって得られる特典や贅沢《ぜいたく》を欲しているだけであり、お金や、奴隷同然に生産的な機械を与えれば、彼らは喜んで奴隷を手放すでしょう、と。〔……〕しかしながら、私は経験上、この好都合な意見を正当化することはできません。強欲に加え、それ以上に辛辣な要素、つまり権力志向や人間に対する支配欲といったものがそこには存在していると思うのです。〈4〉一七）

奴隷制の根底には、人間の搾取《さくしゅ》によって富や権力を得ようとする奴隷所有者の深い業《ごう》があり、奴隷制は、奴隷所有者による利益追求以前に、「権力志向や人間に対する支配欲」といった、人間のもつ「強欲」に深く根付いていることを鋭く見抜いている。このように、奴隷制の根本に、道徳上の堕落をみるエマソンは、制度そのものの不当性を改めて説くのである。

既述のとおり、一八三七年の時点では、エマソンは奴隷所有者の立場に関して、「罪深いと同時に不運である」と述べることで、彼らに同情の念をも示していたが、ここでは彼らに弁明の余地を与えることなく、厳しく抗議している。また、同じく一八三七年においては、「南部の農園主を咎めるのではなく」、彼らの自助努力による状況打開を訴えていたエマソンであったが、一八四四年の講演においては、彼らを非難することで、奴隷制廃止に向け積極的な姿勢を見せている。

この講演は、奴隷制廃止運動を肯定するかたちで次のように締めくくられている。

集団という力のなかに、議論の余地なく、人間社会の進歩があるのです。神聖なる必然が存在し、それによって人々の関心が常に彼らを善へと導き、改めてあらゆる罪を卑しく醜いものとしているのです。〔……〕知性は、激怒の目でこれまでの全歴史をみつめ、この汚点に目を凝らし、そうすることでその汚点が消え去るのです。〈4〉三二―三三

ついにエマソンは、「集団」によるあくなき努力の必要性を認め、個人の努力よりもむしろ集団による社会改革運動の方により大きな可能性を見出すようになったことが分かる。彼は「集団」による力のなかに、「神聖なる必然」が導く「人間社会の進歩」を読み解いたからである。これは、エマソンがそれまで認めてこなかった奴隷制廃止運動の妥当性を認識し、自ら運動家としてそれに意欲的に与することを公言した決意表明でもあったといえる。この点においてグジョンは、一八四四年のこの講演は、エマソンが真の奴隷制廃止論者へと転身を遂げた「画期的な出来事」〈9〉八七であると述べている。それまでエマソンは常に奴隷制を嫌悪してはいたが、この講演以降、奴隷制廃止運動に活発に参加し、多大なる貢献を果たしていくことになったのである。[23]

そして一八五〇年には、エマソンを奴隷制廃止運動へとさらに駆りだす出来事が起こった。それは、すでに述べたとおり、「一八五〇年の妥協」と呼ばれる法と、その支持を議会で表明した、ダニエル・ウェブスター連邦議員（一七八二―一八五二）による講演である。[24]「一八五〇年の妥協」

は、主に奴隷制と西部拡大を巡り深まった南北間の対立をうけ、アメリカ合衆国議会で通過した一連の法である[25]。これは逃亡奴隷の返還、カリフォルニアの自由州としての承認、テキサス州の境界を巡る項目などについて定めたものである。そのなかでも、逃亡奴隷の返還を求めた逃亡奴隷法は、北部市民にまで逃亡奴隷返還の義務を定めたものであり、特に奴隷制廃止論者を震撼《しんかん》させるものであった。そのため「三月七日講演」において、国家の存続を大義とし、この法に対する支持を唱えたウェブスターは、奴隷制廃止論者からの猛攻を受けることとなったのである。

こうした状況のなか、エマソンは一連の政策への異議を表明すべく、一八五一年、コンコード市民へ向けて演説を行なった。その冒頭で逃亡奴隷法に触れ、奴隷制廃止運動の必要性について次のように訴えている。

皆さんのお招きに応じて、昨今の大問題に関してお話ししようと思いますが、何を申し上げなければならないかは、ほとんど考えていません。というのは、選択肢《し》がないように思われるからです。昨年我々は政治関与を余儀なくされ、しばしば避けることが義務であるものを、追求することが至上の義務となってしまいました。〔……〕私は生まれてこの方この州に暮らし、これまでは、法律による不都合を個人的にはまったく経験したことがありませんでした。〈4〉五三)

エマソンはこれまで個人的には奴隷制と直接の関わりをほとんどもたなかったが、「一八五〇年の妥協」を巡り、政治の混乱に否が応でも巻き込まれるようになったことを嘆いている。新たに施行《しこう》された法により、ついにエマソンも反対の声を上げるより他に「選択肢がない」と感じるまでに、情勢は緊迫していたのである。この点に関して、さらに次のように述べている。

> 先例はほとんどありません。このアメリカの法律の邪悪さに匹敵するものはそうないでしょう。いっさいの不満は、その法が人の道に外れたものであるためです。これは誘拐罪を成立させる法であり、放火や殺人と同罪です。人間の自由の権利は生きる権利と同様に奪うことのできないものです。（〈4〉五七）

このようにエマソンは、北部市民にも逃亡奴隷の捕獲や返還を義務付ける逃亡奴隷法について、ほかに類をみない悪法であり、「誘拐」[26]行為であると強く糾弾《きゅうだん》している。

一八五〇年の法律に加え、エマソンを奴隷制廃止運動への参加に突き動かしたのは、ウェブスターの「失墜」（ムーディ　一四）であった。エマソンの地元であるマサチューセッツ州選出の上院議員であったウェブスターが、ニューイングランドの奴隷制廃止論者たちに支持された立場にありながら、その主義主張を一転させたことは少なからず人々に動揺と混乱をもたらした。彼を三十年間支持していたエマソンもまた、その例外ではなかったのである（シャフェルトン　五九）。

一八五一年の演説のなかで、エマソンはウェブスターへの失望と落胆の意を次のように表明している。

かつてニューイングランド中で人々の誇りであった彼〔ウェブスター氏〕は、いまや屈辱の種です〔……〕私がどのくらい彼の名声を享受《きょうじゅ》していたかはいうまでもありません。誰が彼を讃えようとしなかったでしょうか。簡潔にいえば、彼はこの時代の優れたアメリカ人だったのです〔……〕
　しかし、勢いを増す奴隷制により、有権者が不快に感じはじめるにつれ、彼はこれらの悪に鈍感になってしまったのです。〔……〕彼は一線を越え、我が国の奴隷制を擁護する政党の代表になったのです。（〈4〉六五―六六）

エマソンは長い間、政治家としてのウェブスターの手腕や資質を讃えていただけに、一八五〇年の法律制定に際し、予期せず彼が奴隷制擁護の立場に回ったことに深く傷ついたのであった（ストライシック　一六一）。

エマソンはこの講演の終わりに奴隷制廃止運動への支持を示し、次のように締めくくっている。

我々は何をすべきでしょうか。まずはこの法を撤廃し、次に奴隷制を奴隷州のみに制限し、そして効果的に奴隷制を廃止できるよう支援するのです。あるいは、あらゆる面で助言されるままに、何もせず、国勢調査の進展を待つべきでしょうか。しかし奴隷制は何もせずじっとしているでしょうか。残念ながらそうとは思えません。奴隷制は非常に勤勉で、休むことなく働き続けているのです。〔……〕テキサスにまで進行し、いまやキューバへも手を伸ばそうとしています。〔……〕過去の経験からいえば、我々はただ傍観しているべきではないでしょう。〔……〕この過ちを正そうではありませんか。このように一丸となり、真理を語り、正義を通そうではありませんか。ここで我々の考えを明確にしようではありませんか。〔……〕我々の安全は、人々によってではなく、我々自身によって獲得されなければならないということを知ろうではありませんか。〈4〉六八―七二)

エマソンはコンコード市民に対し、このように奴隷制のもたらす脅威について警告をしながら、人々に積極的な行動を促している。「奴隷制は非常に勤勉」であり、日ごとにその影響力を増すなかで、奴隷制廃止に向けた協力的な活動が必要であると訴えている。この演説をとおしてエマソンは、心情に反する法には断固として闘わなければならないと主張しているのである。こうして、この声明は、人間の自由や権利を求め、社会問題に果敢《かかん》に立ち向かおうとするエマソンの改革者としての姿を、聴く者たちに強く印象付けることになったのである。
　その後もアメリカ国内では、奴隷制を巡り南北間の対立と緊張が高まり続け、一八五四年、カンザス・ネブラスカ法がアメリカ合衆国議会を通過した。この法により、カンザス、ネブラスカ両市民が、投票により奴隷制容認の是非を決定することが可能になったのであるが、これは実質上、北緯三六度三〇分以北において奴隷制を禁じた一八二〇年のミズーリ協定を無効とするものであった。そのため、ミズーリ協定に合意した多くの北部市民と、南部の奴隷制支持者との間で、このカンザス・ネブラスカ法を巡り一大論争が巻き起こったのだが、ジェフリーは、この法を「あくなき奴隷勢力の勝利」と位置付けている（一七六）。

【図9】1853年頃のエマソン（50歳）

　エマソンもまた、この法に動揺と失望を禁じ得ず、同年、ニューヨークで講演を行なった。そのなかで、次のように奴隷制廃止運動への支持をそれまで以上に強く表明している。

　奴隷制は、世界を築く基礎である原理に矛盾するため、いずれは破綻《はたん》をきたすに違いありませんが、それに必要とされる忍耐力は、限りある命をもつ我々にとって、ほとんど壮大すぎると思えるほどであり、我々は単に望んでいるだけではなく、それ以上のことが求められているように思えるのです。〔……〕我々は優れた人たちに、この問題において力を発揮し、その精神と徳とが評価を下せるその全盛期に、文明化の進展をある程度加速させてくれるよう求めたいと思います。〔……〕私は反奴隷制協会に敬意を表します。〔……〕我々の不信に終わりを告げ、我々自身が協力し合うことでのみ、我々を救い賜《たま》う神の摂理がこの世界に働くという信念に、皆が辿り着いていることを祈念します。〈4〉八六—八九)

このようにエマソンは、奴隷制廃止に向けた積極的な活動に敬意と支持を示している。社会改革を一人ひとりの自己陶冶に委ね、明るい未来を漠然と信じていた、それまでの楽観主義から一転し、「単に望んでいるだけではなく、それ以上のことが求められている」ことを痛感するに至ったのである。最終的にエマソンは、人間社会の進展には、人々の協力のもとで、なんらかの働きかけが必要であると考え、それによって人間を「救い賜う神の摂理がこの世界に働く」ことを確信するようになったのである。

かくして、エマソンは奴隷制に対する抗議行動にいっそう注力することになった。時間と力の許す限りこの問題に立ち向かうようになった彼は、一八五四年から五五年にかけて、アメリカ北東部の各地で九回もの反奴隷制を訴える演説を行ない、また、非公式の演説や講演も数多くこなしたうえで、多くの集会やイベントに出席した。(27) 妻や友人らと共に、ニューイングランド移民支援協会や奴隷制廃止団体への募金活動にも参加し、一八五九年にハーパーズ・フェリーの武器庫を襲撃したジョン・ブラウン（一八〇〇—五九）をはじめとする著名な奴隷制廃止運動家たちを自宅に招いている。また、一八五四年には、オルコットやソローの家族たちと共に、逃亡奴隷を幇助《ほうじょ》する秘密組織「地下鉄道」にも加わり、その一つの活動拠点として自宅を提供するようになったようである（フィールド　一九）。こうしたことから、フィールドは、「ひたすら孤独を貫きコンコードの哲人と呼ばれたあのエマソンが、哲学以外の問題にここまで公に関与するようになったとは想像できない」と驚きをもって述べている（一九）。

　こうしてエマソンは奴隷制廃止に向け尽力するなかで、やがては南北戦争をも支持するようになった。多くの批評家も指摘するように、エマソンにとって戦争は、奴隷解放を求めるうえで必要な「抗議行動」なのであった[28]。グジョンは、こうしたエマソンについて、アフリカ系アメリカ人の公民権を守るべく、連邦軍関与を最初に求めたアメリカ白人知識人であると論じている[29]（〈7〉六二四）。

　一八六一年にキャボットに宛て、エマソンは次のように記している。「戦争は敗北や不確実性を伴うが、近頃我々が共和国統一と呼ぶものよりもはるかにましです。切断が癌《がん》よりもましであることと同じように[30]」（〈8〉V　一五三）。このように、戦争の必要性について言及し、国家の抱える「災厄《さいやく》」を清めるためには内戦が不可欠であるという認識を示している。エマソンにとっては、戦争による国家分断の試練は、奴隷制が維持されたうえでの国家統一より遥かに好ましいことなのであった（フィールド　二一）。

そのため、多くの奴隷制廃止論者たちと同様に、エマソンもまたエイブラハム・リンカーン大統領（一八〇九―六五）の連邦護持重視の姿勢にしびれを切らしたのである。一八六二年の講演において、リンカーンの煮え切らぬ態度を次のように批判している。

あなたが格闘する悪は憂慮《ゆうりょ》すべき大きさになっており、あなたはなおもその悪が狙う一撃をかわすことに甘んじているが、まるで心を奪われてしまったかのように、その元凶への攻撃を避けているかのようです。〔……〕〔いまや〕天が知性や徳に与えた新たな好機があるのです。それはまるで、人類最高の財産が辿る運命を我々が自らの手中に握っているかのようです。我々が断固たる態度で臨《のぞ》むことでそれが救われるかもしれませんし、あるいは逡巡している間にそれが失われてしまうかもしれません。〔……〕奴隷解放は現代社会の求めるものなのです。(31)（〈2〉XI　三〇〇、三〇三、三〇四）

エマソンは一八六二年にワシントンD・Cのスミソニアンで演説を行ない、その際、著名な奴隷制廃止運動家であるモンキュア・コンウェイ（一八三二―一九〇七）と共に、ホワイトハウスで大統領との面会を果たしている（R・D・リチャードソン　五四七―四八）。その際、大統領は次のように伝えたという。「私はあなた方の望むようなことの実現を願わないわけではありません」（コンウェイ　三四五）。

　同年九月、ついにリンカーンは奴隷解放宣言を交付する意思表明をした。エマソンがそのことに歓喜し、溜飲《りゅういん》が下がる思いであったことはいうまでもないが、その数日後、彼は次のようにコメントしている。


　我が国家の名声からこの汚点が取り除かれ、国民の心からこの重荷が降ろされたのであるから、今後我々は人類に対し堂々と振る舞うことができるのだ。偽善はおしまいだ〔……〕。（〈2〉XI　三二一）

アメリカはもはや偽善的ではない。奴隷制は国家の抱える根本的な矛盾を露呈するものであり、国家全体に及ぼすその影響力たるや恐ろしく破壊的であることはエマソンにとって明らかであったのである。

　このように、エマソンは長い間政治問題への介入に消極的であったにもかかわらず、奴隷制という脅威により、主に一八二〇年代から南北戦争に至るまでの国家的危機に巻き込まれることになったのである。奴隷制廃止運動におけるエマソンの最大の存在意義は、彼が長い間もち続けていた奴隷制に対する嫌悪や、奴隷制廃止主義への共鳴でもって、奴隷制という大問題に国民一人ひとりが真摯に対処すべきことを訴え、人々を奮起させた点にあったといえるだろう。

アメリカの歴史家で、印刷物の販売や出版に携わったチャールズ・ヘンリー・ブレイナード（一八一七―八五）は、一八五七年にボストンで反奴隷制を訴える石版刷《せきばんさつ》を作成した。[32] そこには、「自由の布告者たち　真理、愛、正義」というスローガンと共に、ギャリソン、ギディングス、フィリップス、メイ、パーカー、スミスといった、著名な奴隷制廃止運動家たちの姿がある。[33] なかでもひときわ目を奪われるのは、彼らの頭上に認められるエマソンの勇姿である。これは、奴隷制廃止運動におけるエマソンの立場と役割を象徴しているものであるといえよう。コリソン

【図10】この石版はレオポルド・グロゼリア（1830-65）によって印刷され、ブレイナードにより「自由の布告者たち　真理、愛、正義」という題で作成された。
上から時計回りに、エマソン、フィリップス、ジョシュア・リード・ギディングス（1795-1864）、パーカー、ゲリット・スミス（1797-1874）、サミュエル・ジョセフ・メイ（1797-1871）、そして中央にギャリソンが並ぶ（©Boston Athenæum）

はこのポスターから、当運動における主導的立場をエマソン自身が受け入れた事実を読み解き、このポスターについてこう語っている。「ウィリアム・ロイド・ギャリソンの肖像は、ほかの六人の〝布告者〟たちに囲まれている。エマソンの肖像は、ギャリソンの真上に位置し、それはまるでエマソンがこの集団の守護神であったことを示すためであるかのようだ」(二〇七)。

◉注

(1) この点に関しては、グジョン〈6〉xxxviii-xxxix)、マージョリー・M・ムーディ(一二一―一七)、アダパ・ラマクリシュナ・ラオ(八〇)を参照。また、本章でも詳述する。

(2) 一八五一年の逃亡奴隷法をテーマとした演説"Address to the Citizens of Concord"〈4〉五三―七二)の邦訳「逃亡奴隷法について」は、原島訳(二五九―九〇)を参照。

(3) この「二重意識」(the double consciousness)は、黒人作家W・E・B・デュボイス(一八六八―一九六三)が主張した、抑圧された人種にある二重意識とは異なる。

(4) これらの記述を引用し、エドゥアルド・カダヴァは同様の点を指摘している(一七)。

(5) コールは、エマソンの思想形成におけるメアリーの影響について考察している〈1〉)。本章において次に続く引用からの、若き日のエマソンに及ぼしたメアリーの影響については、コール〈4〉七〇)、ラオ(七三)を参照。

（6）この引用については、ストライシック（一四九）、グジョン〈9〉三二）を参照。
（7）このエピソードに関しては、ムーディ（三一五）、ラオ（七五―七六）、ロバート・D・リチャードソン・ジュニア（七六）を参照。
（8）この点に関しては、グジョン〈1〉三六〇―六二、〈9〉三五―三八）を参照。
（9）キャボット（Ⅱ　四二六）より引用。
（10）このキャボットによる言葉を引用し、批評家たちがこの点を指摘している。グジョン〈1〉三六四、〈6〉xvii、〈9〉四〇）、ムーディ（六）を参照。
（11）この点については、以下で詳解されている。R・D・リチャードソン（二七五―七九）、グジョン〈6〉xvii-xx、〈9〉五七―五八）。
（12）チェロキー族強制移住については、ルーシー・マドックス（一五―二八）を参照。
（13）このことに関しては、グジョン〈6〉xviii、〈9〉五七）、マドックス（一六）、R・D・リチャードソン（二七六）を参照。
（14）本記事は、グジョン〈9〉六二）より引用。
（15）グジョン〈9〉三二、六六）とラオ（七四）は、本章で後に引用するエマソンの日記〈5〉Ⅱ四三、〈5〉Ⅱ　四八、〈5〉Ⅶ　三九三）に着目し、初期における彼の人種観について考察している。
（16）一八五九年十一月二十四日にパーカーが、同じく奴隷制廃止論者であったフランシス・ジャクソン（一七八九―一八六一）に宛てた書簡より引用（ウェイス　一七四、レナルズ　四六二）。

(17)エマソンの人種観とナショナリズムとの関連性について分析するフィールドによれば、「アングロ・サクソンの自立と自治能力」が偉大な国家を築くうえで重要な役割を果たしたと主張するエマソンは、アングロ・サクソンの相対的な優越性を前提としている(二一)。

(18)フィールドはこの記述に注目し、エマソンの人種観について論じている(二七)。

(19)エマソンが奴隷制廃止論者であるジェイムズ・A・トーミ(一八一三—一七三)とジョセフ・H・キンボール(一八一三—三八)の『英国領西インド諸島における奴隷解放』(一八三八)や英国の奴隷制廃止論者トマス・クラークソン(一七六〇—一八四六)の『アフリカ奴隷貿易廃止の歴史』(一八〇八)など、西インド諸島における奴隷解放に関する著作も読んでいたこと、そしてこれらがエマソンの反奴隷制活動への足掛かりの一つになったことを、フィールドは指摘している(一一五)。

(20)グジョンが述べるように、『ダイアル』誌は社会改革、なかでも奴隷制に関する問題提起を目的とした出版物であった〈8〉四九二)。

(21)ただし、この時期以降に書かれた日記等から、エマソンの人種偏見が、完全には払拭されてはいないことがうかがえる(コリソン 一九二、グジョン〈9〉一七九)。しかし、グジョンは、「エマソンは折に触れ、黒人の劣等性について考えていたが、〔……〕最終的にはこれを否定するに至ったようだ」(〈9〉一八五)と考察しており、ゲアリー・コリソンもまたこの見方を支持している(一九二)。

(22) この講演におけるエマソンの奴隷制に対する姿勢の変化については、ムーディ(八―九)とラオ(七七―七八)を参照。

(23) ビュエルは一八四四年のコンコードにおける鉄道敷設《ふせつ》が、エマソンとより多くのアメリカ国民との連携感を強めたことを指摘している(〈1〉二四九)。各地での講演において多様な聴衆を得たエマソンは、自身が一地方の仲間内のリーダー以上の存在としてみなされるようになってきたことを自覚し出し、奴隷制をはじめとする政治問題について、より精力的に発言をするようになったのである。

(24) この点に関しては、以下の研究者が示唆している。コリソン(一九四)、フィールド(二一一)、グジョン〈6〉xxxviii、〈9〉一三八―一三九)、ムーディ(一一三)、ラオ(八〇)、ストライシック(一六一)。

(25)「一八五〇年の妥協」に関しては、ジュリー・ロイ・ジェフリー(一七四―七六)、ウォルターズ(〈2〉二九)を参照。

(26) この「誘拐」(kidnap)という表現は、逃亡奴隷法に抗議する際に使用された、当時の奴隷制廃止論者たちによる常套《じょうとう》句であった。なかでも特筆すべき「誘拐」事件は、逃亡奴隷アンソニー・バーンズがボストン市内で逮捕され、一八五四年に「所有者」のもとへ引き戻された事件である。これに抗議したパーカーは、一八五四年、バーンズの擁護を訴えた扇動《せんどう》罪により起訴された(フィールド 二一〇、フォン・フランク〈3〉二九三)。

(27) この時期におけるエマソンの活動についての詳細は、フィールドに詳しい(一九―二一一)。

(28) この点に関しては、コリソン（二〇四―〇五）、フィールド（二一）、グジョン〈5〉三八）、ムーディ（一八―一九）を参照。

(29) グジョンはエマソンが「決して反戦主義者ではなく」、戦争を「必要悪」とみなし、「好戦的な反奴隷制主義に傾倒していた」と主張している〈8〉四八七）。

(30) フィールド（二一）とグジョン〈9〉二七三）は、この言葉から読み取れる南北戦争に対するエマソンの考えについて論じている。

(31) 当引用と、次に挙げるエマソンの引用〈2〉XI 三二一）については、ムーディ（二〇）を参照。

(32) このポスターに関しては、コリソン（二〇七）とガーヴィー〈3〉xxxviii）を参照。

(33) ギディングスは、奴隷制廃止に尽力したアメリカの弁護士かつ政治家である。スミスは、アメリカの社会改革運動において主導的な役割を果たした政治家であり、メイは、十九世紀のアメリカにおいて教育改革者として活動した著名なユニテリア派の牧師である。

第三章　エマソンと女性の権利

1　女性解放運動への関わり——理想の女性像との葛藤

エマソンは奴隷制廃止運動に関わるなかで、その他の社会改革運動にも目を向けるようになった。その一つが女性解放運動であったが、それはアメリカの女性解放運動が奴隷制廃止運動に端を発した歴史的背景に重なる。女性解放運動が進展を見せた一つの契機は、一八四〇年にロンドンで開催された世界反奴隷制会議であった[1]。アメリカ反奴隷制協会の代表としてこの国際会議に向かった急進的な奴隷制廃止論者ルクリーシャ・モット（一七九三—一八八〇）やサラ・ピュー（一八〇〇—八四）らが、現地に到着後、女性であることからその参加を阻まれた。この不当な扱いに憤った女性たちが、一八四八年にニューヨークのセネカ・フォールズにおいて、初の女性の権利大会の開催を実現させたのである。

その二年後の一八五〇年、マサチューセッツ州ウスターにおける女性の権利を求める全国大会の開催を控え、運動の指揮者であったデイヴィスは、エマソンにこの大会への出席を要請した。[2] しかし、エマソンは、ちょうどその頃に没頭していたマーガレット・フラーの回想録(一八五二)の編集を理由に、大会への参加を辞退し、運動支持を表明すべく署名に同意するも、デイヴィスに対し次のように心境を吐露した。[3]

私は女性が政治や社会において不当に扱われている事実を否定しません。もし女性がそのように感じているならば、実際にそうなのです。しかし、是正を求めるそのやり方、つまり女性が大会を開催することは、私にとってあまり好ましいものではありませんし、その内容自体を積極的に歓迎することはできません。おそらく私の考え方は迷信的で古いのでしょうが、女性のあらゆる権利、つまり財産を所有したり、投票したり、男性と同じくすべての職に就いたりできる権利を、もし女性が望むのであれば、〔……〕私は賛成すべきであると思う一方において、女性に政治的な役割を望んで欲しいとは思いませんし、仮にそれらが女性に与えられたとしても、引き受けて欲しいとは思わないのです。私は世の男性すべてが最良の女性と感じるであろうタイプの女性であれば、もしそれらの特権を与えられたとしても辞退し、女性のもつ真の感化力にとってそれらの特権が邪魔であると感じるのではないかと思うのです。〈8〉Ⅳ 二三〇)

このようにエマソンは、権利を主張する女性の訴えそのものを否定してはいない。それどころか、「もし女性が望むのであれば」、男性同等にあらゆる権利を女性は有すべきであると述べている。しかし重要な点は、エマソンがそうした女性の権利主張自体を望んではおらず、また、必ずしもすべての女性が実際にそれを望んでいるとは思っていないことである。さらに、「最良の女性」であれば、社会進出を自ら辞退するはずであるとも考えているのである。これは、エマソンが政治や社会への参加が、女性という「美しい性が非女性化される」ことを恐れているからであるとグジョンは指摘している〈3〉五七五)。

女性の政治関与に対するエマソンの消極的な姿勢は、十九世紀のアメリカにおいて支配的であった、「真の女性らしさ」というジェンダー・イデオロギーから説明できよう。十九世紀初頭から市場経済が進展するに従い、主として男性は家庭の外で有償労働に従事し、女性は家庭内で無償の生産活動を担うようになっていった。男性と女性は対極の存在とみなされ、それぞれに「公的分野と私的分野、仕事と家庭生活、政治と家族」といった、分離された異なる領域が付与され、その結果、女性は家庭に閉じ込められ、社会から孤立させられたのである(デュボイス／デュメニル　一三七)。金銭による対価が得られない無価値化された女性の労働に新たな価値を付加するかのごとく、女性の家庭性が賛美されるようになっていったが、これは、政治、経済、思想等のあらゆる面における激変を経るなかで、当時の男性が「無情な世界におけ

【図11】女性の領域を象徴する挿絵には、中産階級の女性たちが、子育てを中心とした、さまざまな家事や文化的な活動を巡る、終わりのない円の中に身を置いていた様子が描かれている

る安息所」を家庭に求め、また、「家庭の光」を女性に見出すことで、精神的な安らぎを得ようとしたためでもあった[4]（デュボイス／デュメニル　一三八）。

ナンシー・ウォロックは、女性解放運動における基本的な問題の一つに、「女性が権利の必要性に気付いていなかったこと」を挙げている（一三五）。早くも一八四九年の講演でこの点について指摘したモットは、その原因を女性が強いられてきた被抑圧的地位や役割にあったと述べている。

女性はあまりに長い間、障害と抑圧を強いられ、それにより成長を阻まれてきたために、活力を奪われ、心は幾分か麻痺《まひ》してしまったのです。そして身体的束縛によってさらに身を落とした者のように、自らを縛る鎖にしがみついているのです(5)。

モットは「束縛」や「鎖」というレトリックを用いて、女性たちがあまりに長い間、抑圧に耐えてきたことで、抵抗する力を奪われていることが、女性解放運動における最大の問題であることを鋭く見抜いている。彼女は、女性たちがこれまでの苦悩のなかで、心理的な麻痺状態にあることを憂《うれ》い、そうした現状に目を見開き、声を上げていかなければならないと訴えているのである。

とりわけ、参政権に対しては、女性解放運動の活動家たちですら、当初は態度を決めかねていた(ウォロック 一三五)。セネカ・フォールズにおいても、参政権獲得については、唯一、満場一致の賛成を得られなかったのだが、それはこの要求が、一部の「支持者たちの極端で不当な好戦的態度」とみなされたからであった(一三五)。アメリカで初めて女性と黒人を受け入れたオバリン大学を卒業し、女性解放運動に早くから参加していたルーシー・ストーン(一八一八―九三)は、姉妹から次のような書簡を受け取っている。「女性は束縛というくびきの重さを、あなたが想像している半分も感じていないと思います。私は男性から苦痛を強いられているとは感じていませんし、確かに今投票することはできませんが、いいたいのは、もし仮にその権利を得られたとしても投票したいとは思わないということです(6)」。つまり彼女は女性が抑圧されているとは感じておらず、それゆえ参政権の必要性などないと考えているのである。このように当時多くの女性たちが、現状の不当性、ましてや参政権の必要性を認識しておらず、自らにその資格がないとすら感じていた。そのため、権利を主張する一部の女性による要求に対し、多くの女性たちはただ困惑するばかりであったのである。

男女における非対称的な労働価値を巡る問題を不問に付してきた、こうした当時の価値観は、女性解放運動が進展するうえで大きな障害であった。「アメリカは、徹底した一貫性をもって、男女の行動領域の明確な違いを明らかにするべく注意を払ってきた国である」と語ったのは、一八三一年に九か月間の訪米を終えたフランスの歴史家アレクシ・ド・トクヴィル（一八〇五―五九）である（六九七）。彼はこうも述べている。「家庭以外に関心を向けたり、商取引をしたり、政治の世界に携わるようなアメリカ女性は見受けられない」（六九七）。トクヴィルが考察するように、十九世紀前半のアメリカ社会においては、男女に明確に異なる行動領域が定められていたため、女性がそれを超えた活動をすることは滅多《めった》になかったのである。エマソンもまた「真の女性」、つまり彼自身の呼ぶところの「最良の女性」であれば、たとえ権利を与えられたとしても、それを辞退するであろうと考えていた。なぜならエマソンは、先のデイヴィスへの書簡のなかで述べていたように、女性自身が「女性のもつ真の感化力にとってそれらの特権が邪魔であると感じる」はずだと信じていたからである。

しかしながら、一八五一年、ウスターにおける女性の権利大会での講演依頼を受けたエマソ

ンは、再度フラーの回想録編集の仕事を理由にそれを断るも、日記に次のようなコメントを残している。(7)

女性は男性と平等に所有権や投票権を得ない限り、正当な立場に置かれていないのだと思う。しかし、このことは未開で野蛮だった時代にはじまったことで、当時は女性自身で自分の身を守ることが困難だったため男性に頼らざるを得ず、その対価を男性に支払っていたのである。しかし平和で安定した時代となった今、女性は自らの財産を所有すべきであるし、結婚時はその財産について、全部または一部であっても明確に記録が残るかたちにして、二人のパートナーシップを開始すべきである。〔……〕もし人間性の腐敗を正すことが可能であるならば、万事順調に運び、特定の改革も立法行為も必要ないであろうに。〔……〕気付けば悪は実際に蔓延《まんえん》している。（〈5〉XI 四四四）

このようにエマソンは、女性の権利、特に所有権と投票権は確保されなければならないと主張している。夫が妻の財産を所有することがもはや時代錯誤であり、法も時代に即したかたちに変えていく必要性があると説き、当時の法の不当性に言及している。

つまりこの頃のエマソンは、一方においては「最良の女性」が政治の世界に足を踏み入れることに諸手《もろて》を挙げて賛同することはできず、他方においては女性の権利主張の妥当性を理解していたといえよう。これは今日のフェミニズムにおけるジレンマに彼がすでに直面していたことを意味する。すなわち自由や平等に対する女性の要求は妥当であるとみなすが、ラルフ・L・ラスクが述べるように、エマソンは、「公の場で男性のように好戦的に口論する女性の姿を思い浮かべただけで尻込みした」のであろう（三七〇）。

女性解放運動に対してエマソンの抱えるこうした矛盾は、「女性について」[8]と題した論文に最も顕著に示されている。これは、デイヴィスの招待で、一八五五年にボストンで開かれた第二回ニューイングランド女性の権利大会での講演内容にもとづくものである。[9]ここでエマソンは初めて公の場で女性解放運動に関してその重い口を開いたのであったが、これは彼にとって大きく大胆な一歩であったといえよう。

もっとも、エマソンが女性の権利主張に対し矛盾した思いを抱えつつも、女性解放運動に関心をもち、一八五五年に講演を行なったのは、一八五〇年代前半にかけて、奴隷制廃止運動に積極的に参加したことに関係があると考えられる。その理由は、次に挙げる三点である。（1）運動に参加し、社会問題を公の場で議論することに抵抗を感じなくなったこと、（2）改革運動の妥当性を認識したこと、（3）奴隷制廃止論者の女性たちから影響を受けたこと、である。以下でこれら三点について検証してみたい。

第一に、グジョンも指摘するように、エマソンは奴隷制廃止運動に参加するなかで、特定の社会問題を公に取り上げることに対して、それまでよりも抵抗がなくなったと考えられる〈3〉

五七九)。奴隷制が政治問題として活発に議論されるようになるにつれ、参加を控えていたエマソンも、行動に出る必要性を強く認識するようになり、数々の講演やそのほかのあらゆる活動をとおして、奴隷制廃止運動に貢献するようになったことは前述のとおりである。アメリカの女性史について研究するエレン・キャロル・デュボイスによると、女性解放運動は奴隷制廃止運動から発展したが、それは女性たちが後者の運動をとおして、奴隷の姿に虐《しいた》げられた自らの姿を重ねたからだけではなく、いかに問題を論じ、いかにそれを社会運動へと発展させるべきかという方法論を学んだからであった(五七)。エマソンもまた、奴隷制廃止運動への参加をとおして、自由や人権といった問題をいかに真正面から公に取り上げるべきかということを学んだと考えることができる。

第二に、エマソンが奴隷制廃止運動に携わるなかで、改革運動が社会貢献に資すると実感し、人間社会の前進を促すためには、改革運動が有効であり妥当であると感じるようになったことである。ウスターで一八四九年に開催された、西インド諸島における奴隷解放を祝う年次式典における講演で、エマソンは解放に身を捧げた奴隷制廃止運動家たちを次のように称賛している。

これは我々の友人にとって十分な称賛であるはずです。友人とは、すなわちこの偉業を成し遂げた人々のことであり、国家が彼らから受ける恩恵はますます大きくなっていると、私は常々感じています。彼ら自由の伝道師たちが道徳観を世間に説き広め、必然とも思える、そして誰にも妨害できないこの勝利の実現を促したことは、まさに彼らの栄光でありま す。〔……〕我々がこの活動を懸命に共闘すべきであるというのは、神のご指示なのです。

（〈4〉四九―五〇）

このようにエマソンは、奴隷制を巡る危機に直面し、自ら運動家らと共に活動することをとおして、社会改革を実現し、社会発展に貢献し得る個人の力ならびに集団の力を認めるようになったのである。

同様に、エマソンは、女性解放運動の妥当性もまた、認めるようになった。一八六七年の講演「文化の発展」のなかで、彼は次のように述べている。「政治的地位に対する女性の新たな主張は、それ自体が、文明が市民としての地位を女性に新たに付与したことの立派な証である」（〈2〉Ⅷ 二〇八）。さらに一八六八年の日記において、女性参政権を今後社会が取り組むべき課題の一つとして取り上げている。「アメリカの詩人は古き時代に別れを告げ、関税や国民参政権、女性参政権について書くよう切望する」[10]（〈5〉XVI 八八）。奴隷制廃止運動への参加によって、改革運動が人間社会の発展に大きく寄与することを確信したエマソンにとって、女性解放運動もその例外ではなかったのである。

奴隷制廃止運動と女性解放運動とを結びつけた三点目は、主に前者の運動において活躍した多くの女性たちの存在であった[11]。エマソンは、サラとアンジェリナのグリムケ姉妹（一七九二―一八七三、一八〇五―七九）、ハリエット・マーティノー（一八〇二―七六）、モットといった著名な奴隷制廃止運動家と親交を深め、彼女らが講演のためコンコードを訪れた際には自宅を滞在先として提供するなど、あらゆる支援を惜しまなかった[12]。また、叔母や妻といったエマソン家の女性たちや、ソロー家の女性たちをはじめとする、コンコード女性反奴隷制協会員の影響も大きく、エマソンの行なった一八四四年の反奴隷制講演「英領西インド諸島における解放」は、主に彼女たちの説得によって実現したものであった。エマソンはこうした女性たちから影響を受けることを恐れず、彼女らに鼓舞されるかたちで、奴隷制問題に深く関与するようになっていった。そしてもちろん奴隷制廃止運動以外で交流のあった女性たちからも影響を受けるなかで、やがてエマソンは女性の権利を巡る問題へと自ずと導かれていったのである。

2　「女性について」（一八五五）にみる女性観

エマソンの人種観は、比較的多くの資料から探ること

【図12】上院委員会で女性の権利要求について語る、女性参政権運動の指導者エリザベス・ケイディ・スタントン（1815-1902）

ができるが、女性観に関しては、極めて資料が乏しく、いまだ十分には検証されていない。エマソンは一八五五年に講演「女性について」を行ない、また、一八六九年にボストンでニューイングランド女性参政権協会創立記念が催された際にも、女性についての講演を行なった。後者の講演は、前者が下敷きになっているという事実からいえば、この問題に関するエマソンの思想は、前者、すなわち一八五五年の「女性について」に最も顕著に示されていることになる（ボスコ／マイヤーソンⅡ 一五—一六、グジョン〈3〉五七二）。

ところが、その「女性について」におけるエマソンの立場を巡っては、評価が二分され、研究者の間でも常に論争の的となってきた（ギルバート〈1〉二一四）。それは、講演におけるエマソンの見解が、一見して複雑かつ矛盾に満ちたものであるからである。彼は女性が公的権利を男性と同等に有すべきだと考える一方で、女性の社会参加によって、女性が美徳を「汚され」、「非女性化」されるのではないかと懸念していたのである（〈2〉XI 四二一）。フォン・フランクは、この講演が「多くの矛盾と曖昧《あいまい》な表現に満ちており、ほとんど誰をも満足させられなかった」と評している（〈1〉三〇一）。また、ツヴァーグが示唆するように、この講演は、女性解放運動支持の名目のもと、著名な文人によって行なわれた最初の講演の一つであったにもかかわらず、その主張の脆弱《ぜいじゃく》性を指摘するフェミニスト批評家も少なくない（〈2〉一三三）。

マーガレット・ヴァンダハー・アレンは、この講演について、「エマソンの最も強く明快な反フェミニスト的見解」が示されたものであり、「女性がひどく無能であることを強調」した、

「あらゆるステレオタイプを悲惨なまでに列挙したもの」であると痛烈に批判している（三八）。また、コールはこの講演におけるエマソンの女性描写が、「ロマンチックな男性中心主義」によって神話化されていると論じている（〈6〉四三三―三四）。

既述のとおり、エマソンの女性観は、当時の価値観を踏襲《とうしゅう》したものであり、確かに彼はこの講演のなかで、「真の女性らしさ」という伝統的なイデオロギーに見られる保守的な女性像を理想として掲げている。女性は「純潔」や「敬虔」といった特性を天賦の美徳とし、政治には不向きであることを暗に示しているのである。

しかし、ギルバートやグジョンが述べるように、女性を神聖化することで政治からの隔絶を正当化する主張が広く受け入れられ、女性解放運動家たちですら、そうした価値観を共有した時代にあって、むしろエマソンは、少なくとも十九世紀の見地からみれば、リベラルな見解をもっていたとさえいえる（ギルバート〈1〉二一七、グジョン〈3〉五八二）。なぜなら、女性が真に求めるのであれば、いかなる権利も否定されるべきではないと考えていたからである（グジョン〈3〉五八二）。ツヴァーグは、エマソンのリベラルな側面が軽視されてきた背景として、これを否定してきた反フェミニズムの勢力があると指摘する（〈2〉一三三）。これらを踏まえ、エマソンの一八五五年の講演「女性について」を、以下で改めて検証してみたい。

この講演において、エマソンは女性の政治的な要求自体は否定していない。政治、社会、家庭における平等を訴える女性の要求について、「あらゆる健全で思慮深い人々にとって、これほどまじめな意味で興味深いものはない」〈〈2〉XI 四〇五〉と冒頭で述べ、女性解放運動に対する肯定的な態度を示している。

さらには、女性による新たな政治的な要請を、奴隷制廃止運動と同様に、社会発展の一形態として捉え、エマソン特有の楽観的な口調で次のように述べている。

歴史上のあらゆる出来事は、人間精神の成長過程で生み出されてきたものとみなされましょう。そして新しい意見が現われること、つまり多くの人々の精神に新しい意見が共有され、力をもつことは、それ自体が素晴らしい事実なのです。〔……〕今世紀の強い願望が、次世紀の行動規範となるでしょう。〔……〕新しい意見を大いに論じようではありませんか〔……〕。〈〈2〉XI 四二四―二五〉

社会の恒常的進歩を信奉するエマソンは、新しい要求そのものが、社会が成熟するために必要であると考えている。過去にはなかった要求が現われること自体が「素晴らしい事実」であり、それによって社会発展が促進されると考えるのである。

こうした社会の「新しい」思想を歓迎する姿勢は、エマソンの楽観主義を特徴付けるものである。生まれ出る新しい思想に導かれ、社会は限りなく発展していく。そう信じたエマソンにとって、「新しさ《ニューネス》」とは、可能性を意味するものにほかならなかったからである。未来の可能性を約束する「新しさ」を常に重んじたエマソンは、アメリカにも新しい姿、すなわちアメリカが独自の想像力を発揮し、ヨーロッパの伝統から脱却し、国家として独り立ちを果たす姿を追い求めた。そしてこれこそが、十九世紀アメリカにおいてエマソンを重要たらしめた要素である。

エマソンにとって女性の権利拡張は、社会発展を意味するものであった。講演「女性について」において、次のように述べている。「私は男女の関心や教育を区別することは不可能であると思います。男性を向上させ洗練させましょう。そうすれば自ずと女性を向上させ洗練させることになるのです」(〈2〉XI 四二五)。つまり、真の教育により男性は女性を尊重し得る良識を会得《えとく》し、それにより女性も教化され高められる。これを今日の言葉で端的にいい換えたギルバートの言葉を借りれば、人々に正しい教育を促す社会の成熟がフェミニズムをもたらすのである(〈1〉二三一—二三二、〈2〉一〇一)。

この講演でエマソンが示した最もリベラルな主張は、次のように女性の権利拡張を全面的に支持した点にある。

> 女性は自らの財産に対して、疑う余地のない権利を有しています。〔……〕諸般の法律からあらゆる野蛮な遺物、つまり女性に対するあらゆる野蛮な障害を取り払いましょう。教育への公的寄付が女性にも等しく行きわたるようにし、女性が教会へ行くように、自由に

学校へも行けるようにしましょう。女性が男性同様に自らの財産をもち、管理できるようにしましょう。そして二、三年のうちには、女性が法整備における関与を望むのか否かが、容易に明らかになるでしょう。もし女性参政権を拒むのであれば、女性への課税も拒みましょう。我々ゲルマン民族の原理に従えば、代表なくして課税なし、ということです。〈2〉XI 四一九、四二四)

ここでエマソンは、女性の財産権を「疑う余地のない権利」とし、さらには、教育や政治においても男女同権を主張している。

しかし、また一方で、エマソンはこれらの議論があたかも建前であるかのごとく、この頃抱いていた本音をちらつかせている。男女同権を支持する一方で、「いまだ女性は公的分野における平等な権限を望んでいるようには思えない」と真情を吐露しているのである〈2〉XI 四二三—二四)。これは、本章でも先に触れ、次に繰り返す一八五〇年のデイヴィスに宛てたエマソンの書簡の内容に重なるものである。「私は世の男性すべてが最良の女性と感じるであろうタイプの女性であれば、もしそれらの特権を与えられたとしても辞退し、女性のもつ真の感化力にとってそれらの特権が邪魔であると感じるのではないかと思うのです」〈8〉IV 二二三〇)。この頃と同様に、エマソンはなおも権利拡張が女性の本意ではないと感じていたのである。

一見矛盾するエマソンのこうした態度から、進化思想の影響を読み取ることもできるのではないだろうか。すなわち、彼は一時期においてアフリカ人を発展途上の人種であるとみなしていたように、女性に、ある意味での未熟さを見出していたとは考えられないだろうか。この講演のなかで、次のような発言がなされている。

プラトンは、女性は男性と同じ能力を有するが、その程度が低いだけだと述べています。〔……〕この意見に関して、芸術、科学、絵画、詩、音楽の分野において、これまで女性が傑作を生み出していないことは事実です。〔……〕一般的にいずれの美術においても、〔……〕女性はいまだ男性同等に熟達していないのです。〈2〉XI 四〇六―〇八）

このように、プラトンの言葉を用いて、女性は男性に匹敵する能力を有していないことを示唆している。女性はあらゆる分野において「傑作を生み出していない」と述べ、それが女性の未熟さに起因するとみている。ここに、女性が進化の過程でいまだ発展途上にあるという見解が暗に示されているとも解釈できるのではないだろうか。エマソンは、男性に比べ資質上劣る女性にとって、政治参加に伴う責任や負担が過重となることを憂慮し、女性の政治参加に今一つ賛成できかねていたと考えられるのである。[13]

さらに、やはりそれ以上にエマソンに大きく作用したものは、当時のアメリカ社会で広く信奉されていた、「家庭性の神話」とも呼ばれる、性を巡るアイデンティティに関わる言説であろう。従順で情緒的、敬虔深く無垢《むく》であることを女性的特徴とするこうした言説を踏襲したエマソンは、こうした女性特有の資質や美徳を称揚《しょうよう》していた。(14) 女性が男性に比べ未熟であることを示唆した、先に取り上げたプラトンの主張を補うかたちで、エマソンは同講演のなかで、女性の特質について次のように賛辞を呈している。

絵画、詩、音楽、建築よりも素晴らしく、植物学、地質学そのほかあらゆる科学よりも優れた分野があります。それはつまり会話です。〔……〕女性は会話力とその社会への感化力によって、人類を文明化してくれます。文明化とは何でしょうか。私は素晴らしい女性の力だと答えます。〈2〉XI 四〇八―〇九

芸術や科学などさまざまな分野で優れた作品を生み出していない女性の資質上の「欠陥」についての先の主張を修正するかのように、「会話」を「絵画、詩、音楽、建築よりも素晴らしく、植物学、地質学やあらゆる科学よりも優れた分野」と位置付け、女性に秀でた「会話力」、すなわちコミュニケーション能力を賛美している。

そのほかエマソンは、この講演において、数々の「女性らしさ」を列挙している。たとえば、女性は「厳《おごそ》かな性質」を有し、「男性より繊細」にして、「より感受性が強い」という〈2〉

XI 四〇五)。また、「星のように輝く女性の極致は、その愛情と情緒の力にあり、また、それらが無限の広がりをもつことにあります」と述べ、女性のもつ最も素晴らしい力の一つが「愛情と情緒」にあると明言している〈2〉XI 四一二)。こうした女性性の神秘化は、女性が男性に比べ情緒的で非論理的であることを含意しているとも解釈できるが、しかしながら、エマソンはこれらを女性の欠点どころかむしろ美点として捉えているのである。

またエマソンは、女性に優れた宗教性を見出し、次のように述べている。「世界のあらゆる注目すべき宗教上の出来事において、女性はその指導的役割を担ってきました。〔……〕この力、つまりこの宗教的な特徴は、どこにおいても女性の内に見出されるのです」〈2〉XI 四一四)。さらに、女性の卓越した宗教性が、エマソンにおいては神概念にまで及んでいる。この点に関して、早くも一八二八年には次の記述を日記に残している。「子供はへその緒によって母親の子宮と結ばれている。同様に、人間は良心によって神と結ばれているように私には思える」[15]〈5〉III 一二九)。ここで特筆すべきは、エマソンは人間を「子供」として、そして神を父親ではなく母親として描出していることである。当時、神の一般的なイメージは父親であったことを考慮すれば、女性のもつ最大の特性と考えられていた母性に神性があるとするエマソンの見解は極めて意義深いといえよう。

すでに述べたように、敬虔、純潔、信仰、感情、愛情と結びついた女性像は、当時の「女性らしさ」のイメージに直結しているが、このような女性像は、男性の補完的役割を担う、男性に貢献し得る存在として理想化された。この点について、エマソンは次のように述べている。

　人類の一般的な意見として、女性には特有の強みがあると考えられています。女性は感情の力が強く、また、夫が苦役《くえき》によって到達する精神的な高みに、女性は夫に共感することで到達するのです。男性は意志であり、女性は感情なのです。（〈2〉XI 四〇六―〇七）

男性は「意志」、女性は「感情」を体現する存在であり、女性はその秀でた「感情」の力によって、夫を支え、また、仕事という「苦役」に努める夫への「共感」が求められていることが、ここに示されている。

【図13】女性の美徳の一つとして考えられていた「純潔」をイメージした描写

　エマソンはこのような女性観を是認していた。これらの「女性らしい」特質、すなわち、情け深さや情緒の豊かさは、エマソンにとって決して取るに足らぬものではなかった。むしろこれらを、欠くべからざる人間性における一断面であるとみなしたのである。これは次の比喩をみても明らかである。「この人間という船においては、意志は舵《かじ》であり感情は帆《ほ》なのです」（〈2〉XI 四〇七）。男性が体現する「意志」と女性が体現する「感情」は、船における舵と帆のように、優劣なくどちらも人間にとって重要かつ必要なものであることが示されている。要するに、エマソンは男女の資質が補完的である以上、両者それぞれに等しく価値を認めているのである。

エマソンのこうした男女観は、十九世紀当時の先駆的な女性解放論者たちにも支持された事実をギルバートは指摘している[16]〈1〉二二七―一八、〈2〉九七)。実際に、この講演は、その五年前にこの世を去った、アメリカ・フェミニズム運動の先導者マーガレット・フラーの思想に依拠していることをジェフリー・A・スティールは示唆している[17](一一五)。またツヴァーグも言及するように、エマソンが女性を前に講演を行なったのは、ひとえにフラーがそれを望んでいたからであり、また、「講演は引用符に収められるべき」ほど、その内容においても、多くの点でフラーの思想が散見されるのである〈2〉一三三、〈3〉二五九)。これは、エマソンがフラーの回想録編集をとおして、彼女の著作を丹念に読み、その思想に深く引き込まれていたことが関係していると考えられる[18]。

すなわち、たびたび指摘されるように、この講演におけるエマソンの発言とフラーの思想とには数々の類似点がある[19]。一例を挙げるとすれば、エマソンは「男勝りの女性は強くありませんが、レディは強いのです」〈2〉XI 四二五)と述べているが、これはフラーの「大いなる訴訟」(一八四三)のなかにある次の一節と重なる。「女性がもし自由であれば、もし自分の強さや美しさを発揮するに十分賢明であったとしたら、決して男性に、あるいは男勝りになりたいとは思わないでしょうに」〈1〉二二)。R・D・リチャードソンも述べるように、エマソンはフラーと同様に、男女は異なる資質と徳を備えているという主張を受け入れていた(五三三)。そのため、女性は無理をして男性と張り合うよりも、女性らしく「レディ」である方が、女性本来の強さを発揮することができると考えていた。このように、この講演においてエマソンは、特にフラーの初期思想を踏襲しつつ、男女間の差異について繰り返し述べ、そうすることによって際立つ女性性を披露しているといえるのである。

講演のなかでエマソンは、いくつか「女性らしさ」を列挙した後に、女性が置かれるべき適切な場について次のように言及している。

女性は本質的に、男性よりも相対的です。女性は常にふさわしい場に置かれなくてはなりません。場違いの所では女性はその影響力を半分も失ってしまい、特権を奪われてしまうのです。配置は〔……〕完璧な美しさを追求するうえで絶対に必要な要素です——たとえば、立派な建築は暗い路地にあったのでは目立たず、彫像は外気の当たる所に置くべきです。女性に関してこれはよりいっそう真実なのです。〈2〉XI 四〇九―一〇)

エマソンは女性を「建築」や「彫像」といった芸術作品に喩《たと》えながら、その本来もつ力は適切な「場」に「配置」されてこそ発揮されると述べている。すなわち、女性は周囲の「お膳《ぜん》立て」

があって、初めてその能力を開花させることができ、人の手による作品のように、最高の状態が保たれるよう意図されるままに、受け身であることを求められているかのようである。

さらに、エマソンはこう述べている。

社交、会話、礼儀作法、花、舞踏、色彩、形式といったものは、女性の住まいであり、お供です。女性はふさわしい環境――美しい通路、好ましい建築、男性の財力が集めるありとあらゆる優れたものと共にある環境に置かれるべきなのです。(〈2〉XI 四一一)

ここに描出されているのは、過度にロマンチックな、なおかつ有産階級に限られたイメージである。「社交、会話、礼儀作法、花、舞踏、色彩、形式」といった女性を取り巻く諸事が、すべて労働とは切り離された、私的領域に関わる、「男性の財力」に依拠したものであり、女性は自らの心身の安全と安定のために、こうした「ふさわしい環境」にとどまるべきことが示唆されている。

極論すれば、女性に与えられた主たる場は、私的領域、すなわち家庭なのである。エマソンは、家庭的な役割を担う主婦こそが女性にとって最良の職であることを信じていた。

愛情にもとづく生活が女性にとっては第一であるため、彼女らは通常どんな仕事についていても、もしふさわしい結婚をすることになれば、諸手を挙げて、また社会からも称賛されるかたちで、仕事を辞めてしまいます。そして女性はひたすら愛情に献身し、全運命を結婚というさいころに賭け、夫や子供の栄光のためにひたむきにその身すべてを捧げるのです。〈2〉XI 四〇七）

当時の社会において、特に中産階級の女性にとって最良の人生は、「愛情にもとづく生活」、すなわち、結婚生活にあると考えられていた。すべての女性にとって、「ふさわしい結婚」は、いかなるキャリアにも勝る、理想の「就職」なのであった。そして、晴れて結婚した暁《あかつき》には、「夫や子供の栄光のためにひたむきにその身すべてを捧げる」生き方が女性に求められたのである。

今日の読者にとって、このように自己を犠牲にし、家族という他者に献身する無私の女性像は、エマソンの個人主義的人生観とは、皮肉にも相容《い》れないものに映るだろう。(20) エマソンの述べる、「夫や子供の栄光のためにひたむきにその身すべてを捧げる」女性の人生とは、自己信頼の放棄と他者への服従を意味しているとも考えられるからである。つまりエマソンは独立独歩の自己信頼の重要性を説くが、それはあくまで男性に対してであり、他方において、女性に対しては、無私と順応の精神を求めていると指摘され得よう。

エマソンのこうした女性観は、まさに当時の「真の女性らしさ」の神話を踏襲しているといえる。ウェルターは、「真の女性らしさ」の概念を再定義するなかで、「自分の才能を隠し、夫のために仕える妻は、真の女性のお手本として褒めそやされ」（一六〇）、「妻そして母として、女性は運命におとなしく従うことを求められた」（一六一）と考察しているが、これらは先の引用部分におけるエマソンの言葉と合致するものである。女性は「夫や子供の栄光のためにひたむきにその身すべてを捧げる」ために、自らの「全運命を結婚というさいころに賭け」るのだと述べるエマソンもまた、女性の立場が「妻」や「母」であることを前提としている。当時の社会では、家庭の外で労働に従事する男性に、癒しと安らぎを与えることが最大の役割であると考えられていた女性は、「家庭的であること」を最優先に求められていたのである。

さらに、エマソンは女性が政治参加によって「汚される危険性」（〈2〉XI 四二一）を危惧していた。女性が「この〔政治的な〕領域に入れば必ず汚され、非女性化されてしまう」（〈2〉XI 四二一）との懸念から、政治における男女同権に賛同しかねていたのである。女性の神聖化は政治という世界からの隔絶に起因するとし、女性が政治的権利を得ることで、「非女性化」されかねないことに彼は危機感を表わしている。

> 女性にいくらか本能的直観の力が与えられているのは、女性の特質ゆえであり、その社会的立場ゆえです。〔……〕男性には到達できない神聖な高みに女性が達することができるのには十分な理由があります。彼女らが世事に関与せず、そのことによって道徳観が傷つけられずにすむからです。（〈2〉XI 四一四）

つまり、女性は社会にはびこる腐敗と関わりをもたないために、天賦の神聖な特質が損なわれない。このように考えるエマソンは、女性がもって生まれた美徳を失うことを恐れ、その社会参加に難色を示していたのである。

社会進出によって女性が男性化するという主張は、当時しばしば唱えられた。女性に家庭性を求める社会において、家庭の外は男性の領域であり、そこに関わる女性は、「女性らしからぬ」存在であったのだ。唯一、「家庭の外」の活動のうち、女性に許されたものは、教会活動であったが、これは、「女性にとって〈ふさわしい領域〉である家庭から、女性を引き離さない」と考えられていた「信仰心」や「敬虔深さ」という美徳にもとづくものであったからであるとウェルターは論考している（一五三）。

M・V・アレンは、これまでみてきたようなエマソンの女性観は、「人間の可能性の拡大、人権、平等に関するエマソンの超絶主義的スタンスが女性にまで及ばない」（三九）ことを示す「不面目なもの」（三八）であると批判している。たとえ当時一般のイデオロギーにとらわれていたとしても、個人の限りない可能性の追求を標榜するエマソンが、女性の行動の自由を妨げ、権利を一部保留したことに、少なからぬ違和感を覚えよう。彼のメッセージが、主として男性にのみ向けられたものであったとも解釈し得る。

以上の観点から、一八五五年の講演「女性について」には、エマソンの女性解放運動に対する相矛盾した姿勢が混在していると考えられる。女性による権利主張を認める一方で、女性の社会参加に賛成しかねているのである。ツヴァーグはこの点を次のように見抜いている。

エマソンは男女間の「平等性」に向けた道を開くことに(まったく興味がないわけではないが)あまり興味がなく、むしろ男女間差異の起源を探すことの方に興味を感じている。女性の政治的な権利に関する彼の議論は常に、これらは「否定されてはならない」という主張に戻るが、それらの権利のレトリックに関する理論的探究によって、彼の議論はすべてにおいて横断的にバイアスがかけられている。〈2〉一二六)

このように、男女間の「平等性」よりもむしろ、両者の本質的な「差異」の方に関心をもっていたエマソンは、女性の政治的権利の獲得による「女性らしさ」の損失を恐れた。そして女性の要求を決して「否定」こそしなかったが、女性自身が男性同様の政治参加を実は望んでいないのではないかという疑念を捨て去ることができなかった。こうして女性の主張に対する尊重の念と、女性性の神話との間で揺れ動くエマソンは、この講演のなかで、終始相反し、偏向した議論を展開しているような印象を与えるのである。

コールは、この「女性について」という講演において、結局のところ、エマソンは「何の痛みも抗議も」語らず、ただ単に「〈真の女性らしさ〉の定義」を述べているに過ぎないと評している（〈4〉八四）。確かにこの講演で、エマソンは、社会的に不当な扱いを受けてきたという女性たちの訴えに対して、ある程度の共感を示してはいるが、その解決に向けた具体的な政治戦略はなんら提示していない。

そのうえ、この講演においてエマソンは、奴隷制廃止運動に従事した女性がしばしば感じていた、女性と奴隷との類似性についてはほとんど言及せず、その代わりに、女性性のステレオタイプの詳述に終始しているだけであるかのようでもある。アンテベラム期の女性解放運動においては、法律上の女性と奴隷との立場を重ねることで、女性の抑圧された境遇について訴えるという戦略が効果的であった（デュボイス　五四）。たとえば、ハリエット・ビーチャー・ストー（一八一一―一八九六）は、自らが編集を務める週刊誌『ハース・アンド・ホーム』に寄せた「女性の問題について」というコラムのなかで、「英米法下における既婚女性の地位は、多くの点において、黒人奴隷の地位と非常に類似している」と書いている。[21]また、『若き奴隷制廃止論者たち　あるいは奴隷制についての対話』（一八四八）を執筆したJ・エリザベス・ジョーンズ（一八一三―一八九六）は、一八四八年にオハイオ州の女性たちに向けた講演のなかで次のように述べている。「私たちは政治的にも法的にも奴隷なのです。子供たちの教育者とされている私たちが、いったいどのようにしてこの国に対して隷属状態を強いる時代以外のことを伝えていけるでしょうか。私たち自身が隷属的境遇に置かれ、口には南京錠がはめられているというのに」[22]。アンジェリナ・グリムケも一八三八年にこう記している。「私は何年もの長い間、まさに哀れな奴隷がその身に負わされたように、鎖や首かせを私のもがき苦しむ精神に課されたと感じました[23]」。エマソンは、このように女性たちが主張した、女性と奴隷との共通性についてはほとんど示すことなく、男女間の生得的な違いに焦点を当てることで、十九世紀の理想的な女性像を漫然と分析し、その結果、女性性と政治活動とがいかに相容れないものであるかという言説を補強しているかのように読み取れるのである。

しかしエマソンは講演の最後に、「決めるのは女性であって、我々ではありません」と語っている（〈2〉 XI 四二四）。女性の真意に確信がもてなかったにもかかわらず、最終的な決定権を男性ではなく女性に託し、女性の決断を尊重したことは、注目に値する。この点について、エマソンは超絶主義詩人キャロライン・スタージス・タッパン（一八一九―一八八八）への書簡のなかで、次のように書いている。「この問題について決断するのはもちろん女性です！　男性の役割は、もし女性が参政権を得るのだと決断するなら、単にその決断を受け入れ、実行に向けて支援することです[24]」（〈8〉 IX 三二六―二七）。早くも一八四三年に、エマソンは同様の考えを日記に記している。「女性に対して義務を諭《さと》して命じようとすることは、私には嗄《しゃが》れ声のように聞こえる。男性は決して、女性の義務が何たるかと語ることはできないのだ」（〈5〉 VIII 三八一）。こうした記録から、フラーが政治的な権利は女性にとっても「生まれながらにもつ権利」（〈3〉 一七七）であると考えていたように、エマソンもまた、権利が男性から女性にまるで贈り物のように与えられるものではなく、女性自らが獲得すべきものであるため、女性は男性に権利を求めるべきではない、というフェミニズム議論の先駆けともいえる見解を抱いていたことが読み解けるのである（ギルバート〈1〉一三三、〈2〉一〇二）。

以上のように、女性の権利主張に対する矛盾を擁するエマソンの見解が示されたこの講演に対し、多方面において当時さまざまな反応が示された（グジョン〈3〉五八二）。たとえば、講演記事を翌日に掲載した『ボストン・トラベラー』紙は、次のようにコメントしている。

エマソン氏が紹介され、大変立派な演説を行なった。神話的荘厳《そうごん》や無意味な言説に満ちていたが、非常に美しく壮麗《そうれい》な言葉で補われていた。それは概して〈この問題〉に賛成というよりも、遥かに反対の立場を示すものであった。[25]

一部では、この講演におけるエマソンの主張が、運動に対し否定的であったと捉えられていたことが、ここに示されている。

ヘレン・R・ディーズは、この講演の趣旨に疑問を呈し、エマソンの態度をこう批判している。「二十世紀末の観点からいえば、少なくとも、この講演はひいき目にみても恩着せがましく感じられる」[26]（二四八）。また、次のように続けている。「エマソンは女性の本分を、男性に道徳的な影響を与えることであるとし、もし女性が参政権や法的平等を求めるのであれば、男性はそれを否定すべきではないことをしぶしぶ認めるが、彼は結局のところ、女性が実際にそうした平等を求めているとは確信していない、と述べている」（二四八）。エマソンは当時のイデオロギーをくみ、女性は家庭のなかで守られるべき存在であると考え、政治や法における女性の権利を否定こそしないが、それらを女性が真に求めているかどうかについては確信がもてなかった。ディーズはこの点を指摘し、講演の内容からネガティヴな印象を受けている。

こうした否定的な見解がある一方において、この講演に肯定的な反応を示した人も多くあった。たとえば、当時の女性解放運動家デイヴィスは、講演に深く感銘を受け、エマソンへの書簡のなかで次のように語っている。

お会いした際、私は素晴らしい講演のお礼をほとんど冷静とも思えるような態度で述べましたが、胸があまりにいっぱいでしたので言葉にならなかったのです――つまり、涙以外に言葉がみつからず、その涙も「人々の目」があったために憚《はばか》られ、自室に戻り、神聖な気持ちで父なる神にその真実と愛への感謝を捧げて初めて頬《ほお》を伝ってきたのです。

私たち委員は翌日集まりましたが、あなたが誘いを受けるにやぶさかでなく、私たちのテーマについて尽力くださったことについて心からのお礼を伝えて欲しいと頼まれました。それと同時に、この講演あるいはその一部を出版しても良いと思っておられるなら、ぜひお願いしたいとのことです。〔……〕もしそのお気持ちがあれば、私たちはこの講演の出版について公表したいと思います。(27)

このようにデイヴィスは、エマソンから女性解放運動への強い支持を得たことに喜び、感動と興奮冷めやらず、その「素晴らしい講演」を讃え、さらにはその出版を請《こ》うている（ボスコ／マイヤーソンⅡ　一六）。これは彼女だけではなく、ほかの女性解放運動家たちの総意であること、また皆がエマソンに対し「心からのお礼」を述べているとのことから、講演が彼女たちによって高く評価されたことが示されている。

　当時の有名なフェミニストであるキャロライン・ヒーリー・ドール（一八二二―一九一二）もまた、この講演内容からエマソンの支持を確信した一人である（グジョン〈3〉五八四）。ドールは女性の権利大会主催者としての立場からこの講演を聞いていたが、これこそがエマソンの「完成された詩[28]」であると日記に記している。これらデイヴィスやドールの反応からもみて取ることができるように、エマソンは、「女性の権利を擁護する者たちの陣頭に立っていた」とグジョンは総括している（グジョン〈3〉五八二）。講演のなかで、女性が望む限りにおいて、いかなる権利も否定されるべきではなく、男性は女性の要求を尊重すべき立場にあることを公言していることから、この問題に対する彼の考えは、少なくとも当時においては進歩的なものであったと解釈できよう。

3　思想の変化——一八六九年の講演から

一八五五年の講演「女性について」を、六〇年に再講演した以外、六九年までの十四年間、エマソンは女性解放運動に関する公的な発言を控えたようである〈グジョン〈3〉五八五—八六〉。その間、奴隷制廃止運動に多くのエネルギーを注いでいたからであると考えられる。しかし、女性解放運動に対するエマソンの興味が失われたわけではなく、一八六九年、女性解放運動家らの懇願を受け、ついに彼は長い沈黙を破り、このテーマに関する二つ目の講演の実施を承諾したのであった〈グジョン〈3〉五八八〉。

一八五五年と六九年の講演内容を比較することで、この間におけるエマソンの思想上の変化を分析することができる。両者におけるもっとも顕著な違いは、前者の講演において、「真の女性」は政治上の権利を求めていないようだと主張したのに対し、後者の講演では、すべての女性が公的な役割を男性と共有することを望んでいると断言した点にある。このようにエマソンの認識が変化した主な要因として、以下の三点が考えられる。

まず一点目に、ルイーザ・メイ・オルコットや叔母メアリー、さらには妻リディアンといった奴隷制廃止運動に尽力した女性たちの影響が挙げられる〈ギルバート〈1〉一三四、〈2〉九九、メイバー　五八—五九〉。彼女たちは女性の地位向上がどのみち必要不可欠であり、女性たちが参政権やそのほかの公的権利を切望しているという現実をエマソンに説いたのであった。

奴隷制廃止運動における女性の活躍については、一八六九年の講演でエマソンは次のように言及している。

近年の文明による偉大な事業である、いわゆる奴隷制廃止が実現しましたが、それは皆さんが知ってのとおり、わが国において、実行委員が男性と女性から成る団体によって実現され、男女両者によって一歩一歩成し遂げられました。彼らは運動が実を結ぶまで団結したのです。[29]（グジョン〈3〉五八九）

このように、奴隷制廃止運動が「近年の文明による偉大な事業」であるとし、それが「男女両者」の力の結集である点を改めて強調している。エマソンは奴隷制廃止運動において、有名無名を問わず、多くの女性たちの活躍に感銘を受け、彼女たちに鼓舞され続けたのであった。

なかんずく、社会改革運動に関して、エマソンよりも進んだ考えの持ち主であった、妻リディアンは、早くから、夫を奴隷制問題に引き込もうとあらゆる努力をしていた（グジョン〈9〉三九三、R・D・リチャードソン　二七〇）。また、彼女は女性解放運動においても、ニューイングランド女性参政権協会の初期会員として活動するなかで、夫に大きな影響を及ぼしていたことは想像にかたくない（コール〈4〉八七―八八）。

二点目は、エマソンが南北戦争において多くの女性が活躍する姿を目の当たりにしたことである。これにより、女性の社会的地位に関する彼の考えや意識が大きく変容したといえよう。[30] たとえば、メイバーは、エマソンが戦時中に看護師を務めたルイーザ・メイ・オルコットから、女性にとっての労働の重要性について報告を受けていたことについて指摘している（五八）。

さらに三点目は、身近な独身女性の生き様をとおして、彼女たちが参政権や仕事を介して社会参加することを真に求めているという現実を知り得たことである。叔母メアリーと同様に、独身を貫いた長女エレン・タッカー・エマソン（一八三九―一九〇九）は、父エマソンの身の回りの世話や家事を担い、晩年の執筆や講演のサポートをすることで、生涯にわたり公私においてさまざまなかたちで彼を支え続けた。メイバーが論じるように、おそらく、エマソンはこ

【図14】ルイーザ・メイ・オルコット

【図15】エマソンの長女、エレン

うした娘の生活や活動を日々目の当たりにするなかで、女性も社会に関わることの必要性を実感するようになったのであろう（五九―六〇）。

また、こうした独身女性たちの存在は、エマソンの女性観にも影響を及ぼした（メイバー五九―六〇）。本章でもすでに言及したように、かつて一八五五年の講演「女性について」のなかで、エマソンは「夫が苦役によって到達する精神的な高みに、女性は夫に共感することで到達する」（〈2〉XI 四〇六―〇七）と述べたが、これはすべての女性が「妻」という立場にあることを前提とした発言である（コール〈4〉八四―八五）。女性としての力を最大限に発揮するため、女性は結婚し、夫に守られるべき存在である、ということが暗に示唆されている。家庭は女性にとって最適な場であり、結婚こそが女性にとって最も充実した生活を約束してくれる、人生における唯一無二《むに》の終着地点であると考えていたエマソンが、メアリーやエレンといった周りの独身女性の姿から、女性が手にし得る、人生の「別の選択肢」について考えるようになった。それはつまり、女性の立場が単に「妻」や「母」のみに限定されず、女性には家庭から離れて男性と対等に生きていく道もあるということを、彼女たちから教わったのである。

一八六八年、タッパンに宛てた書簡のなかで、エマソンは自身の考えが大きく変化したことについて、以下のように語っている。

私はこれまで、女性は［公的な分野に関与することを］望んでいない、つまり最終的な判断を委ねられている女性自身のもつ、思慮深く穏やかで特有の精神が、それに対し尻込みしていると考えていました。〔……〕〔しかし、女性たちは、〕新しい体制がいかに嫌悪すべきものであったとしても、それを勇敢に受け入れ、それを実現させなければならないのだという義務感をもっているということを知り、大変驚きました。[31]（〈8〉Ⅸ 三二六―二七）

このように、エマソンは女性自身が公的分野に関わることを望んでいないと考えていたが、実はこれが誤りであったことを認めている。女性たちが、社会参加に関わるいかなる「体制」をも受け入れ、それらを全うすることに「義務感」をもち、新しい責任を負う覚悟と準備があることを確信するようになったのである。

その翌年にあたる一八六九年の講演では、エマソンはこの点を次のように強調している。

女性は自らの財産、権利、参政権、教育やすべての社会制度における役割を、つまり全世界の半分を平等に得たいと要求しますが、女性にはその権利があるのです。（グジョン〈3〉五八九）

権利拡張が女性の本意ではないとし、女性の社会参加に賛成しかねていた、これまでの姿勢から一転し、エマソンは女性があらゆる公的分野において男性と同等の権利を望んでいることを確信し、こうした女性の要求に対して躊躇することなく賛同するようになったのである。

エマソンはさらに、一八六九年の講演において、女性の参入にふさわしい政治の変革を求めている。かつては、腐敗した政治への不信感から、女性が政治参加によって、「汚され」、「非女性化」されることを恐れていたエマソンであったが、ここでは女性の政治参加に理解を示したうえで、女性の要求を叶えるべく、男性と社会全体の変革を求めるようになったのである。

目下、我々は腐敗し買収された投票によって、神聖なる票が侵害されている危機的状況から、どのようにすれば社会を救うことができるのかという問題について激しく議論しています。その結果、高潔な人々の意志を失わせてしまっている状況です。まさにそうした現在、女性は投票権を求めています。もし投票権が女性に認められれば、確かに認められなければなりませんが、そうなれば我々は投票を清く公正で高邁なものとなるよう整えなくてはなりません。わが国は荒れた場所や小さな商店の代わりに家々を建てなければなりません。わが国は女性が息子、兄弟、父の面前で、安心して投票できるような立派な建物やホールを建てなければならないのです。〈グジョン〈3〉五八九〉

このようにエマソンは、女性の参入に備え、腐敗した政治や社会を変えることこそが急務であるとし、政治における改革を条件に、これまで長くためらい続けてきた女性の政治参加にようやく全面的な支持を表明するようになった。もはや男女が政治においても対等であるべきことは、この時、彼にとって疑いようのないことであったのである。

一八六九年の講演は、女性からの称賛と支持を得て、その後七〇年代にかけて、エマソンは女性解放運動における旗振り役として広く認められるようになった。一八六九年の講演直後、ストーは、エマソンのもつ影響力により、この問題が「口うるさい人々」[32]を黙らせ、「参政権の問題が嘲《あざけ》りの対象から、理性的議論の対象として[33]」扱われるようになることを期待して、自身の編集する雑誌『ハース・アンド・ホーム』への寄稿をエマソンに依頼している。[34] エマソンという著名な思想家が世論に与えるであろう、そのインパクトの大きさを慮《おもんぱか》り、ストーは彼に宛てた書簡のなかで、次のように女性の権利についての発言を求めている。

【図16】『アンクル・トムの小屋』（1852）を執筆していた頃のストー

> あなたはおそらくほかの誰よりも物腰柔らかく、かつ効果的に、この運動の熱心なリーダーたちに、時宜を得た助言を与えてくださり、一般の人々を当惑させることなく、〔……〕この問題に対して、敬意と繊細な配慮からの支援を示してくださるのではないかと思います。[35]

社会的立場や世間体といったものが、いかに大きな影響を人々に与えるものであるかを知り尽くしたストーが、この問題において、世間を納得させ、世論を導いていくことのできる人物は、エマソンを除いてほかにはいないと考えたのであった。(36)

エマソンは一八六九年七月にエセックス郡女性参政権協会で講演を依頼された。その際に綴った次の文章(37)は、マサチューセッツ州ニューベリーポートの会合で読み上げられ、また『ボストン・デイリー・アドヴァタイザー』紙と『ニューヨーク・タイムズ』紙に掲載された。

女性の政治的要求は正当な権利にもとづいたものであると思いますが、今後実際にどのようなかたちを取るのか、そして取るべきかは、おそらくまだ誰にも明らかではないように思われます。しかし私には、厳粛かつ思慮深い精神でもってこの問題が提起されることが、文明における重要な歩みであるように思われるのです。〈8〉Ⅵ 七七―七八)

ここでは、「今後実際にどのようなかたちを取るのか」という具体的な展望や政治戦略についての言及を避けてはいるものの、女性の政治的な要求自体が「厳粛かつ思慮深い精神」による「文明における重要な歩み」であるとし、女性解放運動そのものへの前向きな意思表示がなされている。

そして同年、エマソンはついにニューイングランド女性参政権協会の副会長に選出され、それ以後、一八八二年にその生涯を閉じるまで、女性解放運動のイコンとして広く人々に認められたのである。[38]

女性解放運動におけるエマソンの功績については、『ウーマンズ・ジャーナル』誌に掲載された数多くの記事からうかがい知ることができる。[39] そのなかでも、次に引用するエマソンの死後間もなく出版された、ジュリア・ウォード・ハウによるエマソン追悼記事は、生前、彼が女性の問題にいかに真摯に向き合ったかという事実を簡潔に伝えている。[40]

エマソン氏による数ある偉大な功績のなかで、この雑誌に関わる私たちは、彼の示した女性への忠義について特筆しなければならない。〔……〕彼は女性のもつ美のすべてを理解し尊重していた。しかし、正義もまた、美と同様に、彼にとっては女性らしさの極致であった。〔……〕

彼は私たちの限界や欠点を十分に理解したうえで賛同し、その言葉は金言《きんげん》となり、私たちがより大きな自由を手にすることができるよう導き、そしてその自由は私たちに備わったものであるということを示したのである。[41]

女性解放運動におけるエマソンの功績は、彼の示した「女性への忠義」と共に、女性解放運動家たちによってこのように高く評価された。エマソンが女性にある「美」や「正義」を「女性らしさの極致」として尊重し、女性の権利獲得に向け尽力したことが、ここに証言されているのである。

●注

（1）女性解放運動の歴史的背景に関する詳細は、エリザベス・ケイディ・スタントン（五三一―六二）を参照。

（2）これに関しては、ギルバート〈1〉二一二）、グジョン〈3〉五七三―七五）に詳しい。

（3）著名な奴隷制廃止論者ジュリア・ウォード・ハウ（一八一九―一九一〇）は、エマソンがフラーの回想録編集の仕事について、「その大会の目的に適《かな》う仕事と考えていた」と述べている（一五八）。

（4）この点に関しては、ウォルターズ〈1〉一〇四）、ウェルター（一五一―五二）を参照。

（5）この一節はモットが一八四九年に行なった「女性についての講演」からの引用である。アンナ・デイヴィス・ハロウェル（四九九）、ウォロック（一三五）を参照。

（6）ウォロック（一三五）より引用。

（7）詳細は、ギルバート〈1〉二一三―一四）、グジョン〈3〉五七六）が論じている。

（8）一八五五年の講演 "Woman"〈2〉XI 四〇三―二六）の邦訳「女性について」は、原島訳（一四七―六七）を参照。

(9) この講演に関する背景に関しては、以下に詳しい。ボスコ/マイヤーソン(Ⅱ 一五―一六)、ギルバート(〈1〉 二一四)、グジョン(〈3〉 五七九)、クリスティーナ・ツヴァーグ(〈3〉 二五七)。

(10) ギルバートはこの記述に、女性解放運動に対するエマソンの生涯にわたる姿勢を読み取っている(〈1〉 二一四)。

(11) エマソンと奴隷制廃止運動に尽力した女性たちとの関わりについては、グジョン(〈3〉 五七四)を参照。

(12) アルマ・ルッツによると、グリムケ姉妹への講演依頼は、ニューイングランドからだけでなく、西部からも次々と舞い込み、彼女らと会い直接言葉を交わすことが「ほとんどの女性たちにとって、集会そのものよりもずっと実りあるものだった」という(一〇五)。

(13) アメリカの著述家リディア・マリア・チャイルド(一八〇二―一八〇)は、エマソンが「実在と見せかけ」と題する講演(一八三八)のなかで、男女に二重基準を設け、女性を知性の面で劣等視していると批判している(カーチャー 二三二)。

(14) ウォルターズは、当時の社会における、男性性と女性性のイメージについて詳説している(〈1〉 一〇四―一〇五)。

(15) 高梨はエマソンのこの記述を引用し、エマソンが神の性質を父性よりも母性に見出していたことを指摘している(〈2〉)。

(16) ジョン・カルロス・ロウもまたこの点を主張している（三九）。
(17) アメリカの女性運動におけるフラーの影響は大きく、セネカ・フォールズでの「所感宣言」（一八四八）にも彼女の思想が反映されている。この点については、コール〈3〉、〈5〉に詳しい。また、デイヴィスとストーンが、ニューイングランド女性権利協会の集会への参加をエマソンに要請したのも、エマソンとフラーとの交友関係に鑑みたからであった（ツヴァーグ〈3〉二五七）。
(18) ツヴァーグは、エマソンが女性解放運動を積極的に支持するようになった機縁は、フラーの回想録を著したことにあるとみている（〈1〉二一三、〈3〉二五七）。
(19) この点に関しては、ギルバート（〈1〉二一六―一七、〈2〉一〇二）、キャロライン・メイバー（五三）、R・D・リチャードソン（五三三）を参照。
(20) アメリカ文化の抱える主な矛盾を考察するなかで、ジョイス・W・ウォレンは、アメリカの個人主義が「男性による自己主張への絶対的な信奉」によって成り立っている一方で、女性には「無私無欲」を求めている点について鋭く指摘している（九）。
(21) このコラムは、一八六九年八月七日に掲載されたものであり、ジョン・D・ヘドリックからの抜粋である（三六〇）。これについては、グジョン〈3〉五八七―八八）を参照。
(22) スタントン（一〇八）より引用。
(23) ジーン・ファーガン・イェリン（四二）より引用。強調は原文のまま。

(24) タッパンに宛てたこの書簡と、次に続く一八四三年の日記からの引用〈5〉Ⅷ 三八一)については、ギルバート〈1〉二三二、〈2〉一〇二)を参照。
(25) グジョン〈3〉五八三)より引用。
(26) ディーズの見解については、グジョン〈3〉五八三)を参照。
(27) グジョン〈3〉五八三―八四)より引用。
(28) ディーズ(二四八)より引用。
(29) エマソンによる一八六九年の講演は、無題かつ未出版である。本書で扱う当講演は、全文を掲載した、グジョン〈3〉五八八―八九)より引用する。
(30) この点を論じるなかで、メイバーは、南北戦争における女性の役割は幅広く、彼女たちは看護師としてのみならず、スパイ、偵察者、秘密工作員、コック、兵士として活躍したと述べている(五八―五九、一三六)。
(31) ギルバートは、この発言から、エマソンの考え方が変化した点について説明している〈1〉二三四、〈2〉一〇三)。
(32) ヘドリック(三六一)より引用。
(33) ヘドリック(三六一)より引用。
(34) このエピソードに関しては、ボスコ/マイヤーソン(Ⅱ 一六)、グジョン〈3〉五九一)、ヘドリック(三六一)を参照。

(35) ヘドリック（三六一）より引用。強調は原文のまま。

(36) エマソンは当時従事していた別の仕事を理由に、この時のストーの申し出を断っている（ボスコ／マイヤーソンⅡ　一六、グジョン〈3〉五九一、ヘドリック　四六五）。

(37) この内容の詳細と背景は、グジョン（〈3〉五九一）を参照。

(38) この点については、ギルバート（〈1〉二三五、〈2〉一〇三）、グジョン（〈3〉五九〇―九一）を参照。

(39) これらの記事に関しては、グジョン（〈3〉五九一―九二）に詳しい。

(40) トッド・H・リチャードソンは、女性参政権論者たちが、「運動の文化的正当性を強調するため」、ポストベラム期と呼ばれる南北戦争後の『ウーマンズ・ジャーナル』誌においてエマソンを利用していたと指摘する（五八〇）。

(41) グジョン（〈3〉五九二）より引用。

第四章　家庭におけるエマソンと思想の実践

1　夫婦の関係と結婚観

概してエマソンは、社会問題に自ら積極的に関わることをあえて望まなかったが、それにもかかわらず、権利を求める女性の声に熱心に耳を傾け、女性解放運動の精神に共感した。これは、エマソンが人間の自由と平等を唱道し、個人、延いては社会が善に導かれんことを信じたからにほかならない。

一八五五年の講演「女性について」は、次のように結ばれている。

奴隷制を定めるのは奴隷制であり、自由を生み出すのは自由です。女性の奴隷化は、男性が国王の奴隷であった時にはじまったのです。風習が見直されれば、もちろん女性の地位

も見直されるのです。これは必然のことであり、ここから、よりよい法律を新たに求める声が出てくるのです。〔……〕

新しい運動というものは、男性や女性の精神が共有する傾向に過ぎないのです。そしてあなた方は、何であれ女性が望むよう導かれるものを、男性は実現するよう導かれるのだという信念に向かって良いのです。〈2〉XI 四二五―二六〉

ここでエマソンは、女性の権利主張を、時代の要請として前向きに捉えている。「何であれ女性が望むよう導かれるものを、男性は実現するよう導かれる」と述べているように、エマソンにとって女性の権利拡張は、女性のみならず、男性にとってもまた取り組むべき課題なのである。そうした「よりよい法律を新たに求める声」が、社会変革の狼煙《のろし》となり、その積み重ねによって、人間も社会も成熟していくことができると考えるのである。

また、一八六九年の演説において、エマソンは次のように女性解放運動の重要性を強調している。

これまで皆さんもお聞きになった演説や議論は、喜ばしくも私を勇気付けてくれるものであると切に感じます。今日得られないものは明日得られるでしょうし、今年求めるものは来年、もし来年が無理でも今後五年の内には実現するでしょう。女性が今懇願しているも

のは、すべての、つまりあらゆる分野における女性の役割にほかなりません。（グジョン〈3〉五八九）

このようにエマソンは、女性の権利に関する議論を歓迎している。「今日得られないものは明日得られる」ことを信じ、女性の政治的な要求が、いずれ近い将来、必ずや実を結び、女性が男性と同等の権利を有することを確信しているのである。

こうしてその後もますます女性解放運動に共鳴したエマソンであったが、女性の権利拡張に関しては、実は早い段階から関心を抱いていたようである。女性が志向する自立の精神が、人間の尊厳や自由の原則を重んじるエマソンの思想と合致するものであったからであろう。エマソンは十四歳にして、英国の著述家ハンナ・モア（一七四五―一八三三）の『女性教育の制度に関する批評』（一八〇〇）を読み、女性の教育を拡充させる必要性や、夫婦間の平等な関係性について考えていたようである（ギルバート〈1〉二二四）。モアは、女性の知性や論理的性質について述べ、「結婚は教養ある相互理解、共通の興味、真の尊敬、性的な平等にもとづく結びつきであるべきだ」と主張している（ギルバート〈1〉二二四）。モアの書で示された、こうした今日のジェンダー論の萌芽ともいうべき内容に、弱冠《じゃっかん》十代のエマソンがすでに興味を示していたということは、当時の時代背景に鑑みても、注目に値することである。

さらに、エマソンは結婚制度に関する多様な意見に関心を示し、日記に「夫婦は、夫と妻のいずれかの名を名乗るのではなく、両者に共通の新しい名を名乗るべきである」〈〈5〉Ⅷ三四二〉という考えについて記している（ギルバート〈1〉二二四）。この主張は、今日の観点からみても新しく、特に婚姻における性的平等を訴える現代のフェミニズム主張の先駆けである。こうしたことから、エマソンは女性の権利拡張に対して共感的であっただけでなく、結婚制度に関するジェンダー論の視点に立った先取の考え方にも興味を示していたと考えられるのである。

このように、性別を超えた個人の自由と尊厳を重んじたエマソンであったが、彼はそれらの思想をどのように実生活において実践していたのであろうか。ここからは、家庭におけるエマソンに目を転じ、その結婚観や女性観に光を当てることで、彼の思想と実践について考えてみたい。本章では、不足する資料を補うべく、妻リディアンをはじめ、彼に思想上大きな影響を及ぼした女性との関係にも焦点を当て、彼を取り巻くさまざまな家庭的ならびに社会的な文脈のなかで、改革者としてのエマソンについて、より包括的なアプローチを試みたい。

改革の実践者としてのエマソンについて考察するうえで、妻リディアンの存在は特に欠かせないものである。彼女が「結婚に伴う負の側面」について叔母メアリーに語った次の内容は、彼女の結婚観を示唆する証言として注目に値しよう(1)。

一般的な結婚についてあなたがお話になったことは、確かに真偽両面あります。つまり、それがほとんど真実であるのは、愛のない結婚についてであり、大多数の結婚がそうであると思います。〔……〕真の結婚とは、「完璧な自由」であり、そこに何の束縛も存在しません。しかし不適当な結婚から生じる束縛は、黒人奴隷に課された束縛よりもさらに酷く屈辱的であるかもしれないと述べたいと思います。（一七四、強調は原文のまま）

このようにリディアンは、奴隷制と「不適当な結婚」との間に類似性を認め、結婚生活における惨めな側面に関して語っている。「不適当な結婚」すなわち「愛のない結婚」は、「黒人奴隷に課された束縛よりもさらに酷く屈辱的」な「束縛」を意味すると述べている。第三章ですでに論じたように、こうした奴隷と女性との境遇を重ねたレトリックは、女性解放運動家によってしばしば用いられたものである。引用においては、リディアン自身の結婚については明言を避けているが、もし仮にそれが「愛のない結婚」であると感じていたとすれば、彼女がエマソンとの結婚生活のなかで抑圧と不自由を見出していたことになり、それは多くの女性が経験していた苦悩と重なるものであったといえる。

【図17】エマソンの妻、リディアン

実際のところ、現存する資料が示す限り、リディアンは「夫との痛ましい距離感」（コール〈4〉七四）に悩まされていたようである。その最大の理由の一つは、新婚時代に他界した前妻エレン・ルイーザ・タッカー・エマソン（一八一一―三一）に対し、彼が生涯にわたり追慕の情を抱き続けていたことであったと考えられる。[2] 彼にとってエレンは、「強く、慎み深い信仰心」を体現する神聖な理想の女性として、その心のなかで永遠に生き続けた存在であった[3]（R・D・リチャードソン　一〇九）。

　エマソンにとってのエレンとリディアンとの二度にわたる結婚については、中田が考察するように、彼が彼女たちとの婚約について、兄ウィリアム・エマソン（一八〇一―六八）に報告した際の二通の書簡から読み解くことができる（二七八、二八四）。最初の引用は、エレンとの婚約についての記述である。

　エレン・ルイーザ・タッカーと婚約をして一週間になることをお伝えでき幸せに思います。

【図18】エマソンの前妻エレンは、19歳でこの世を去った

【図19】エマソンの兄、ウィリアム

彼女は若く、もし私の言葉を信用してくださるのなら、最も美しく最も素晴らしい人です。〔……〕彼女から愛され、友人たちから称賛され、とても幸せです。これ以上幸せだと危険なほどです。(4)〈8〉I 二五六)

他方、リディアンとの婚約に際しては、次のように書かれている。

プリマスのリディア〔リディアン〕・ジャクソンと婚約をしました。この事実をエレンの時とはまったく違った気持ちでお伝えします。今回は非常に地味な喜び (a very sober joy) です。(5)〈8〉I 四三六)

エレンとの婚約時には、幸せの絶頂ともいえる表現が印象的であるのに対し、リディアンとの婚約に際しては、前妻エレンとの時とは「まったく違った気持ち」、すなわち「非常に地味な喜び」であると綴られているところが注意を引く。彼にとってエレンとの結婚は、「若く束の間の甘い記憶」(R・D・リチャードソン 一九一)であったのに対し、リディアンとの再婚は、地に足の着いた冷静さを伴うものであったことが示されている。

結婚後、エレンとの思い出には到底敵《かな》わないことを感じ取ったリディアンは、次第に疎外感と孤独感を募らせていったようである。一八三九年に長女が誕生した際、前妻に因《ちな》んで「エレン」と名付けたのはリディアンであった（ラスク　二五二）。R・D・リチャードソンによれば、おそらくリディアンは「もう一人のエレン」（三一二）を夫に贈り、彼の望みを叶えようとしたのだという。妻のこうした「寛大な計らい」（三一二）について、エマソンは日記のなかで次のように述べている。

私に娘が生まれた〔……〕リディアンは、寛大にも私の崇《あが》める神々を同じく崇め、その子をエレンと呼ぶ。我が子よ、汝《なんじ》に望むことは、その名が暗示することだけだ。あの姿となり、我々と共に、そして我々亡き後も変わらずそうあっておくれ。(6)（〈5〉Ⅷ　一七〇）

エマソンにとって娘をエレンと名付けることは、「崇める神々」を夫婦で共有することであるという。このようにエマソンは、長女誕生後も、前妻エレンへの深い愛情と賛美の気持ちを虚心に表している。(7)

リディアンが次第に意識するようになった夫との心の距離感は、ちょうどその頃彼女にあった反奴隷制感情とあいまって、彼女を精神的に長く苦しめることになった。一八四〇年前後から七〇年頃まで彼女は心身の不調に苛《さいな》まれ、多くの時間を寝室で過ごすという、つらく暗い時期を経験している。(8)この時期にあたる一八四七年からの約一年間、エマソンは妻を家に残し、講演のため渡英している。エマソンは、自身の留守が、妻にとっての「気晴らし」になるのではないかと慮ったのであった[9]（コール〈4〉七七）。

しかし、エマソンの不在は、リディアンにとって「気晴らし」になったどころか、彼女の孤独感を強めたに過ぎなかった[10]（コール〈4〉七七）。彼女はエマソンへの書簡のなかで、自身の鬱屈《うっくつ》した心情について書き綴り、もっと親密で温かい言葉をしたためて欲しいと求めている（一四一、一五七）。しかしそれに対しエマソンは、そうしたやり取りはできないとの返事をしている（コール〈4〉七七）。これらのエピソードから浮かび上がるものは、病と絶望の淵に立たされている妻を救うことのできない夫の姿である。こうしたエマソンの行動が、結果として妻の傷を深めていったのかもしれない[11]。

「この頃から現存する、家庭でのエマソンと妻リディアンについて、家族以外の視点から描かれた最も優れた資料」は、フラーの一八四二年の日記である、とマイヤーソンは指摘する[12]（〈2〉三二一）。この年、コンコードのエマソン家に三週間滞在したフラーは、その鋭い視点で、エマソンの結婚観やその家族関係に関する記録を日記に書き残している。

そのなかに綴られたあるエピソードに、その頃のリディアンの悲嘆と苦痛が生々しく描写されている。フラーは彼らの家に滞在中、エマソンと共に散歩に出かけたり、思想を語り合ったりしていたが、ある日、そのことに疎外感と不満を募らせたリディアンが突然泣き出したという（マイヤーソン〈2〉三三一）。エマソンとフラーは、病を患《わずら》うリディアンの体調を考慮し、あえて彼女をそっとしておいたのであったが、リディアンは「まったく寂しく惨めに感じた」

のであった（マイヤーソン〈2〉三三二）。フラーは自分の行ないが思慮に欠けていたのではないかと内観しつつ、次のようにリディアンを慰めた。

私が彼のどんな仕事も決して邪魔しないのは、本がそうしないのと同様です。〔……〕彼の意識は常に知性に向けられており、感情には向けられていません。彼は私に親愛の情をもってくれてはいますが、それは私が彼の思考力を刺激するからなのです。（マイヤーソン〈2〉三三二）

このようにフラーは、自分の役目はあくまでエマソンの「思考力を刺激する」ことだと述べ、二人の関係は「感情」ではなく「知性」にもとづくものであると弁明している。このエピソードから、彼らの友情が、時にリディアンの神経に障《さわ》り、彼女を苦しめていたことが垣間みえる。フラーはその一方で、女性ならではの視点から、家庭内でのエマソンの振る舞いに幾許《いくばく》かの疑問を呈している（コール〈4〉七四）。フラーは、上述の場面でリディアンが号泣した際に、エマソンが「何も言葉をかけず」、「優しい眼差し」すら彼女に向けようとはしなかったと回顧している（マイヤーソン〈2〉三三二）。フラーは、そのようなエマソンについて、「自分自身にとても忠実で」、「独自の流儀で生きている」ため、「友人〔妻〕の抱える病気や、病的な感情をなだめようとはしなかった。なぜなら彼自身が誰からも自分に対してそうして欲しいとは思わないからであろう」と記している〈2〉三三一、強調は原文のまま）。フラーは、「そのような時に彼を決して称賛することはできず」、彼ら夫婦の関係について次のような考察をしている（〈2〉三三一）。

つらい気持ちが私の心をかすめたが、それはこれまで私が感じたことのないものだった。すべて私たち〔私とリディアン〕の間で完全に理解し合えたかのようだった。〔……〕リディアンはこのようなつらさを常に感じるのだろう。なぜなら彼女は夫の性格が変わり、打ち解けた態度で接してくれたらと常に密かに願っているからである。今私が確信するに、彼ら二人の関係は、決してこれ以上にはならないだろうし、これ以下にもならないだろう。エマソンは二人の関係性が完全なものではないことにひどく悩んでいるが、それは今以上の関係が築けるとは思っていないからである。（マイヤーソン〈2〉三三一―三三二）

フラーはこの時、同じ女性としての立場から、リディアンの「つらい気持ち」を察し、リディアンが夫とのより親しい関係を「常に密かに願っている」ということを感じ取ったのである。しかしフラーはエマソンが「今以上の関係を築けるとは思っていない」ことを知っていたため、彼らの関係が「決してこれ以上にはならない」と確信したのである。

エマソン夫婦の関係が「完全なものではない」根本的な理由として、両者のもつ結婚観に決定的な隔たりがあることがフラーの日記から読み取ることができる。フラーとエマソンが「男女と結婚について」話し合った際に、彼は次のような考えを口にしたという。

愛は現象的なものに過ぎず、自然界の円環運動において創り出された仕かけである。〔……〕魂は二つの個人的存在における永遠の結びつきという意味の結婚については、いっさいあずかり知らない。魂は互いの新しい思想と結婚するのである〔……〕。もしこの思想が男性あるいは女性のかたちを身にまとったとして、はたまた、もしそれが七十年続いたとして、いったい何なのだろうか。〔……〕妻の行ないは、常に日々の献身を求めることであり、もし夫がそれに応じれば、それは彼にとって有害となるであろう。(マイヤーソン〈2〉三三〇―三三一)

エマソンにとって、愛と結婚は「現象的なものに過ぎず」、現世の夫婦関係は、「魂」のレベルからみればさして重要ではないのである。重点を置くべきことは、個々の「魂」が成長を遂げるために、結婚をとおして「互いの新しい思想」を交わすことであり、この意味において、日常生活のなかで妻が夫に対して「献身を求める」ことは、夫にとって「有害」となる。この発言に、妻の要求には頑《がん》として応じまいとするエマソンの姿勢が表出しているかのようである。

これに関して、ベイカーは、このようなエマソンの「結婚に関する現実的な態度は男性優位の思想」であり、彼は「周りの女性たちの感情的で執拗《しつよう》な求めに応じまいとする決意をもともともっていた」と論じる（一九三）。さらにベイカーは、ことによるとリディアンが、「夫の日常的な献身を誘発しようと病身でいようとした」可能性についてもほのめかしている（一九三）。もしエマソンが、妻の求めを自分にとって「有害」なものであると考え、それを頑《かたく》なに拒んだとすれば、それはエマソンが、妻に対する献身よりも、自己信頼の堅持を重んじたからであると考えることができる。

このようにエマソンの結婚観もまた、超絶主義的かつ個人主義的な色彩が強いといえよう。エマソンは日記のなかで、結婚に関して次のように語っている。

結婚は究極の目標ではなく実験にもとづくものである。二人の人間同士が気ままに結びつくことは、魂が描く計画や展望にはない。魂は孤立しているものであり、イメージをひとりでに創り上げるのだ〔……〕魂は自らの思想の一つ一つを、男性や女性といった肉体化された人間に投影し、美しく賢明な思想を使い尽くし、新しいものにつなぐのである。それゆえ、強靭《きょうじん》な精神にとって、あらゆる世俗的な結婚に伴う嘆きや悲しみは取るに足らないものであるが、それはすべての創造や消滅を司る精神の援助があるからである。その重要な本質に立ち戻れば、一番身近にいる人々が単なる光景と化す。宇宙そのものが新婦なのである。(13)（〈5〉Ⅷ 三四）

先のフラーによる記述を裏付けるように、ここでもエマソンは超絶主義的観点から、現世における婚姻関係をさして重要視していないかのようである。彼にとって結婚は「究極の目標ではなく」、個人の成長過程における一つの「実験にもとづくもの」に過ぎないのである。「魂は孤立しているもの」であり、夫婦の結びつきは「魂が描く計画や展望にはない」以上、「一番身近にいる人々が単なる光景と化す」とまでいい切るエマソンは、その結婚生活を超然たる態度で静観していたのかもしれない。

しかしエマソンは、結婚制度そのものに反対だったわけではない。先に示されていたように、彼は婚姻関係に経験主義的な意味を見出している。彼はしばしばこのテーマに関して言及している。

すべての男性の目には、ある邪《よこしま》な光、つまりぼんやりとした欲望が働いていて、ある一人の女性を愛する一方で、多くの女性の姿かたちに目を奪われてしまう。彼らの本能的な目は、精神的な目とは異なる働きをするものなのである。それゆえ、このことが婚姻を、ふさわしいか否かにかかわらず、生涯にわたる関係であると規定する諸法を無効にするわけではない。明らかに結婚は一時的な関係であるはずで、自然なかたちではじまり、絶頂に達し、そして衰退を迎え、その際、いかなる激しい力——つまり無理に縛られたり、引き

裂かれたりする力――もないはずなのである。(〈5〉Ⅷ 九五)

男性は本能的に「ある邪な光、つまりぼんやりとした欲望」をもっていることを認めたうえで、それが「精神」とは切り離されていることを強調し、このことが法的に認められた婚姻関係の妥当性を否定するものでは決してないと述べる。「明らかに結婚は一時的な関係」ではあるが、人生における必要な営みであるからである。個々の魂が成長を遂げることを何よりも重んじるエマソンは、夫婦や家族を、人生や社会について学ぶことのできる最も基本的で尊い関係とみなし、そういった意味では、婚姻そのものに意義を見出していたのである。

こうした見解は、彼の「愛情」に対する現実主義を裏打ちするものである。リディアンとの結婚の約一年後、彼の日記にはこう記されている。

結婚に関する殊《こと》に優れた論文とは、おそらく物事の本質を説く人物によって書かれるものであろう。外見だけの浮《うわ》ついた空想がいかに早く心から消え失せるかということについて説いてもらおう。〔……〕夫婦は、自分たちが存在する拠《よ》り所となっている愛以外のすべてのそれらしき感情は、迷信にもとづく儚《はかな》いもので、あらゆる隠匿《いんとく》や見せかけはまったく空虚なものであり、〔……〕結婚には、愛情を生み出すことのできる幸運も魔力も定めも神性も存在せず、あるのは本質的にただ愛情を強要する性質だけであり、愛はすべて数学

的であるということを、時間をかけて学ぶのである。〈〈5〉Ｖ　二〇八〉

これを記した当時のエマソンは、新婚であったにもかかわらず、愛に関する考え方に甘美な趣《おもむき》はまったくなく、極めて現実主義的である。夫婦は互いの「外見だけの浮ついた空想」が一時的なものであるという「物事の本質」を学ぶべきであると説く。現世の夫婦愛は「迷信にもとづく儚いもの」であることを前提に、それを巡る浅はかな振る舞いを「まったく空虚なものであると戒め、結婚愛における「幸運」、「魔力」、「定め」、「神性」といったロマンチックな要素をここでいっさい否定している。

このような超絶主義的な結婚観により、自身の極端な内向性が助長されたエマソンは、家庭内においても自己の内面を積極的に開示しようとはしなかった。一八三九年の日記のなかで、次のような記述がある。「私は我が家にいるほとんどの人と大きな隔たりを介している。私は彼らのところへ行くこともできないし、また彼らが私のところに来ることもできない。その堅苦しさを超えられるものは何もないのである」〈〈5〉Ⅶ　三〇一〉。家庭という最もプライベートな領域においても、エマソンは人々との間に一線を画すことで孤高を持していた。自らもその「堅苦しさ」を認めているが、これこそがリディアンが感じていた夫との「痛ましい距離感」であったのかもしれない。

フラーはエマソン家での滞在を記録した日記のなかで、「心が求めること」を「過度に強調」

するリディアンとの会話ほど、自分を「結婚反対主義者」にさせるものはないと語っている（マイヤーソン〈2〉三三八）。このことから、リディアンが日常的に夫に献身的な愛情を求めていた現実が推察され、彼らの異なる結婚観に存在する深い溝がリアリティをもつのである。エマソンは一八三八年の日記に次のように記している。「君は私をあるがままに愛さねばならない。君への愛を強要しないでもらいたい。〔……〕本来の私とは異なる人間になって欲しいなどと、悲しみや愛情のままに懇願しないでもらいたい」（〈5〉V 四五二）。己の行ないを省察しながら他者に歩み寄ろうとする努力を拒むこうした姿に、人間精神の成熟を志向し、自己陶冶を推奨する彼の改革者精神が、実践において反映させることの難しい現実が示されているといえばいい過ぎであろうか。

もっとも、エマソンにとって妻の気性は悩みの種であった（コール〈4〉六九）。娘のエレンによれば、「父が知る限りニューイングランドには、母ほど些細なことで常々大騒ぎする激しい感情の持ち主はこれまでいなかった」という（〈2〉六九）。エマソンにとってリディアンの鋭い感受性や激しい気性は、常軌を逸していたようである。

リディアンは日常生活において「些細なこと」だけではなく、政治問題に対しても強い関心をもち、時に感情的な反応を示していた。彼女はあらゆる社会的弱者の立場に自己を投影し、感情移入することで、さまざまな改革運動に心血を注いだのである（コール〈4〉六九）。第二章で触れた、エマソンのチェロキー族問題に関する抗議行動も、リディアンらに促されてのことであったと考えられる。また彼女は、先にも触れたとおり、女性解放運動に加わり、ニューイングランド女性参政権協会の初期メンバーの一人として活動し、さらには、禁酒運動にも関わっていた（コール〈4〉八二、八七、R・D・リチャードソン 五二三、グジョン〈6〉xxv）。なかでも奴隷制廃止に関しては、夫よりも先取の考えをもち、早くから彼を運動のなかに引き込もうとしていた[14]。

当時、女性は男性に自分の意見を公的に代弁してもらうことで、間接的に社会参加を叶えようとしていた。そのため、そうしたことを望む女性は、私的な場面で男性に自らの影響を与えようと働きかけていたのである。リディアンもまたそのような女性の一人であった。グジョンは、彼女のことを「熱心な人権活動家」（〈9〉三九三）と称し、夫であるエマソンに与えたその影響力に関して、エマソンの友人であるメアリー・メリック・ブルックス（一八〇一―六八）による次のコメントを紹介している。「もしエマソン夫人がいなければ、今のエマソン氏はありません。彼が妻にどのくらい恩恵を得ているのか皆さんはご存知ないのです[15]」。これは、コールも指摘するように、エマソンにおける妻の存在の大きさを示すと同時に、夫婦の関係が彼の生活の基盤となっていたことを示す証言であるといえよう（〈4〉七三）。

エマソンはリディアンの社会改革に対する熱意に大いに鼓舞されていた一方、先に述べたように、彼女の激しやすい性格には辟易《へきえき》していた。彼は妻の政治問題に対する過度に好戦的で攻撃的な反応を、家庭内の平和を脅かす要素として時に咎めた（コール〈4〉六九）。エマソンは子供たちとの会話のなかで、リディアンの気性の激しさについてしばしば苦言を呈している。「お前たちのお母さんは限度を知らず」（E・T・エマソン〈2〉六九）、「罵《のの》り毒づく才能」（R・W・エマソン〈5〉Ⅷ 八八）をもち、「心にたくさんの穴」が開いている（E・T・エマソン〈1〉Ⅰ 六〇七）。コールはこれらの発言から、リディアンの気性が、エマソンには手が付けられないほどに荒く攻撃的であり、彼女に対して彼が長年にわたり「明らかに辛辣な」コメントを繰り返していることを指摘している〈4〉六九）。

結局のところ、実際の夫婦関係をくまなくたどることは不可能ではあるが、少なくともいえることは、リディアンが先に引用した叔母との会話のなかで述べていたように、もし仮に彼女自身の結婚が「愛のない結婚」であると感じていたならば、夫との生活に「束縛」を感じていたということであろう[16]。

2　愛と友情——フラーやソローとの交友関係を中心に

実践面における改革者としてのエマソン像について考察するにあたり、さらに、その交友関係もまた、重要な研究対象となる。とりわけ、エマソンとフラー、リディアンとソローとの友情に関する記録は、今日のジェンダー研究の観点から、改革者エマソンについて再考するうえで示唆に富んだ資料になる。

【図20】マーガレット・フラー

「ほかの誰よりも——おそらくエレンを別にして——マーガレット・フラーはエマソンの感情面に踏み込んだ人物であった」と指摘されている（R・D・リチャードソン　二四〇）。M・V・アレンは、エマソンもまた、フラーの夫を除けば、誰よりも彼女の内面に寄り添っていたと評している（三九）。フラーはエマソンに知的な刺激を与える存在であり、その思想に大きな影響を及ぼしたことは、第三章でもすでに述べたとおりである。さらに、二人の関係に、感情的な結びつきを読み取る向きもある。R・D・リチャードソンは、大胆にも次のような見解を提示している。「もしエマソンがフラーに対して気持ちを抑制していたとすれば、そうしなければならなかったからである。彼は彼女を愛しており、そのことに彼自身も気付いていたのである」（二四〇）。

エマソンの日記には、フラーに関するおびただしい数の記述が残されている。たとえば、次のようにエマソンは彼女に対する気持ちを吐露している。

マーガレットとの一風変わった、冷めては熱く、惹き付けられては反発する会話のなかで得られる光と影、希望と展望については伝えきれないものがある。彼女を一番近くに感じる時には、いつも彼女を敬愛し、この上なく崇め、そして時に愛するのだが、互いに歩み寄ろうとするような時には、彼女に冷淡になり、そして彼女の冷淡さに沈黙させられることがある。[17]（〈5〉Ⅷ 一〇九）

この一節から、エマソンのフラーに対するさまざまな感情が読み取れる。一方においては、彼女への親しみと愛情が、他方においては、彼女への冷めた反発心が彼のなかに共存していたようである。カール・F・ストローチが述べるように、フラーに対して「エマソンはいつも陽極と陰極との間で引かれては反発する振り子のように振れていた。彼自身どうすることもできなかったのである。マーガレット・フラーに強く惹き付けられていたが、彼女を好きでもあり、好きでもなかったのである」（六六）。

エマソンのフラーに対する嫌悪感は、当時の男性中心社会に挑む女性に対する一種の抵抗感に読み替えることができよう。「真の女性らしさ」のイデオロギーから逸脱し、自己決定下で男性同様に社会参加を試みようと挑戦的に行動をするフラーのような勇猛果敢な女性に対し、エマソンは多少の反発心を覚えたのではないだろうか。フラーの回想録のなかで、エマソンは彼女の人物像を次のように評している。「彼女の豊かな学識に加え、風刺の才に対しては危険な世評があった。男性たちは、彼女があまりに多くの銃をもっていたと考え、女性たちは自分たちを蔑《さげす》む者を嫌った」[18]（R・W・エマソン〈9〉二〇二）。ここには、男性に対しては攻撃的であり、その一方で、男性中心の社会規範のなかで従順に生きる女性に対しては侮蔑《ぶべつ》的であった、フラーの好戦的な姿勢が描写されている。エマソンはフラーから多くの鋭い助言やインスピレーションを得ていた一方で、彼女の過激な思想や、社会規範に対する過度の攻撃性に対しては、一種の恐怖や抵抗感を覚えていたのかもしれない。

ウォーフィルは、エマソンにとってフラーは解き明かされざる「生きた謎」を体現する人物であり、「ほかの誰もが乱したことのなかった彼の平静を乱す」存在であったとみている（五九一）。彼女は、エマソンのあくなき好奇心を惹き付けてやまない底知れぬ深さを秘めた女性であったともいえよう。「新しさ」を重んじるエマソンにとって、常に新しい思想を得られるフラーとの関係は得がたく貴重であったのである。

エマソンは自らの夫婦の関係においても、フラーのような友人の存在を必要としていた。フラーと初めて出会ってから五年後の一八四一年、エマソンは夫婦が互いに傷付いた時に取るべき行動について、日記のなかで次のように綴っている。

夫婦二人の魂双方が、愛情を抱き合っていた互いの魂を疲弊させてしまった時には、新たな交友関係を広げつつも、互いに離れることなく、二人が出会った頃のような良好な関係で距離を置くべきである。その新しい愛は、心の傷がその古い愛を引き離してしまわぬようにつなぎ止めてくれる鎮静薬なのである。しかし、いまや我々は聖人や賢者であっても手放しに信頼することはできない。なぜなら、新しい愛のロマンスはあまりに快く、その不安定で移り気な愛情は彼らを裏切り、また彼らに気まぐれな感情と本能、そして刹那《せつな》の喜びと品性が発する命令とを混同させてしまうことになるからである。〈5〉Ⅷ 九五）

夫婦であっても時として、「新たな交友関係」をもつことで、「良好な関係で距離を置くべき」であるという。新たな人との出会いをもつことによって、夫婦間に現状を変え得る新しい風が吹き込まれ、そのパートナーシップも刷新することができるのである。しかし、「あまりに快く、その不安定で移り気な愛情は彼らを裏切り、また彼らに気まぐれな感情と本能、そして刹那の喜びと品性が発する命令とを混同させてしまうことになる」、と「新しい愛のロマンス」がもたらす危険についても警告している。つまり、夫婦は適度な距離を保つことで絆を強めることができ、そのために別の仲間との友情を築くよう勧める一方で、その友情関係に深入りすることなく節度を守るべきことを説くのである。もしこの一節が親友であったフラーとの関係を含意しているとすれば、彼らの友情にはエマソン夫婦の危機を償い得る「鎮静薬」としての働きが秘められていたことが暗示されていると考えられる。

時にエマソンは、フラーに家庭の不満を漏らしている。たとえば、彼女への書簡のなかで、次のような記述がある。「リディアンは時折、私が何かを非難する時よりもっと辛辣で身勝手なものいいで家庭での私を責め立てるのだ」[19]（〈8〉Ⅲ 二〇）。このように、妻の「身勝手」な態度について気安く打ち明けている様子から、フラーとの友情にある種の慰めを得ていたことがうかがえよう。

他方、フラーのエマソンに対する愛情は、多くの資料に示されている。そもそも彼らが知己《ちき》を得た機縁は、彼女がそれを長い間切望していたことにある。それはマサチューセッツ州議会議員であった父ティモシー・フラー（一七七八―一八三五）の死によって落胆していた彼女が、エマソンに一種の父親の面影を求めていたからである（ベイカー　六六）。こうしてエマソンはフラーの精神的な支えとなり、フラーもまたエマソンの最も厳しく、かつ最も熱心な批評家となったのである。ウォーフィルは、エマソンについて、「ニューイングランドで唯一、フラーの高い要求を満たすことができた」人物だ（五七八）と述べ、また、フラーについては、彼女以上に「エマソンの著作を正しく称賛もし、批判もできたアメリカの批評家はいない」と目している（五八八）。

ベイカーによれば、「エマソンこそが、マーガレットの関心の的であった」（一一九）。彼女はしばしばエマソン家に滞在し、彼と共に読書や散歩をし、会話を重ねることで、時に眠れないほどの興奮を覚えたのであった（フラー〈3〉三五一、ウォーフィル　五八一）。彼女の日記にはそのような滞在時の記録が次のように残されている。

川沿いで眺めた月光をただぼんやりと記憶しています。私たちはいつも以上に心から寄り添っていました。〔……〕私は彼の心にかなり陶酔《とうすい》していました。自分を失うほどです。あまりに強烈な芳香《ほうこう》に気絶する思いです。〔……〕最愛の友よ、私たちの間にはこれまで意見の食い違いがあり、きっと今後もあるでしょう。なぜなら私たちは十分に交わったとはいえず、私にとってあなたは時としてあまりに過剰であり、あまりに物足りない存在だからです。しかし、魂の創造主により、私たちが同時代の同国に生を受け、このようなとても気高く甘美な関係が築けたことを〔……〕ありがたく思います。(マイヤーソン〈2〉三四〇)

フラーがエマソンと共に過ごした日々を回想したと考えられるこの記述には、彼女のエマソンを慕う気持ちがにじみ出ている。彼女にとってエマソンは、「あまりに強烈な芳香」を放つ魅力的な人物であった。しかし時に彼女はエマソンに「物足りなさ」をも感じていた。それは彼がフラーに心を開こうとしなかった時であり、彼女はこれこそがエマソンの欠点であると考えていた。エマソンへの書簡のなかで、フラーはこの点について次のように書き記している。「私があなたのところへ行っても、あなたは私のところへ来てくれず、自分を委ねてくれません。これはためになることではありません」[20]。完全に「自分を委ね」ることのないエマソンのにべもない態度は、フラーにとって不満の種であったようである。

フラーはエマソンとの関係には、二つの局面があることを強く認識していた。

彼との関係は、一方においてはまったくの悲劇ですが、〔……〕他方においてはなんと気高く愛しいものなのでしょう！〔……〕ひとたび彼を理解すれば、失望することはないでしょう。しかし彼のことを容易には理解できません。捉えがたい人なのです！[21]

この一節には、フラーが二人の関係に「まったくの悲劇」を感じる一方で、何物にも代えがたい価値を見出していることが明示されている。エマソンは「捉えがたい人」であり、「容易には理解でき」ないが、彼女は彼を知れば知るほど、その思想や人となりに惹かれたのである。感受性と知的好奇心の強い女性であるフラーにとって、この「捉えがたい」哲学者は、常に彼女の興味を掻《か》き立て、彼女を魅了してやまない存在であったのだ。

エマソンとのより強い情緒的なつながりを望むフラーは、やり場のない鬱屈した気持ちを抱えていた（R・D・リチャードソン 三三八）。二人が一八四〇年にボストン近郊を訪れた際、彼女は、自分や友人のタッパンに対して「魂が打ち解けずよそよそしい」〈5〉Ⅶ 五〇九）態度を取るエマソンを咎めた。[22] それに対し彼は日記において、「彼女〔マーガレット〕とC〔キャロライン〕は嬉しくも私の友人ですが、私たちの付き合いは友情ではなく、文学上の社交なのです」と記している〈5〉Ⅶ 五〇九）。彼はフラーとタッパンが、そのような「文学上の」関係を「不当」だと感じている事実を十分に理解しつつも、「彼女らの愛を得ようと求めてはいけない。自分自身を失ってしまいかねないからだ」と言及している〈〈5〉Ⅶ 五一〇〉。エマソンにとって彼女たちとの関係は、あくまで文学活動にもとづくものでなければならなかったのである。

おそらく思慕《しぼ》の情を募らせるフラーに対して、エマソンは次のような愛情論を展開している。

私に愛するよう仕向けるが、何を愛すべきだろうか。あなたの体を？ そんな風にいえば、不快にさせてしまうだろう。あなたが考え、述べたことを？ いや、それは今ではなく、もはや過去のことである。私は、今のこと、現在進行していること以外のどんなことも愛すことはできない。あなたの勇気、仕事、芽生えはじめる情熱や花開く思想、祈り、これらを愛することはできるが、ほかの何を愛せというのだろうか。[23]〈〈5〉Ⅶ 四〇〇〉

エマソンは、フラーとの関係が知的かつ精神的なつながりであることを強調している。彼はあくまで「今のこと、現在進行していること」を愛し、「勇気、仕事、芽生えはじめる情熱や花開く思想、祈り」といった彼女の精神に敬意を表しているのである。ここにエマソンがフラーとの間に「文学上の社交」と呼ぶ以上の関係を望んではいないことが明示されている。[24]

しかし、先に述べたとおり、エマソンはフラーの気持ちにまったく否定的だったわけではなく、ましてや彼女の思いを拒絶したわけではなかった。エマソンは日記にこう記している。「あなたの愛の言葉を信頼することができたら良いのに！　しかし今でも耳に残っているその言葉は、共に経験を重ね、学び、悲しみも味わった青春期を甘美にするが、いまだに私を愛してくれているのかどうかはあえて尋ねまい」（〈5〉Ⅷ　一〇八）。この記述は、フラーがたびたびエマソンの家を訪れていた時期に書かれたものであるが、エマソンが彼女の「愛の言葉」を大切に胸に秘め、自分を慕うその気持ちを尊重していたことが、ここに記されていると考えることができる。

さらに、二人が頻繁に交わした書簡から、互いの深い絆と信頼を読み取ることができる。ベイカーによれば、「一八三九年十月からの一年間で、二人は少なくとも五五通、つまり一週間に一通以上の書簡をやり取りしていた」（一三五）。エマソンはフラーからの便りを毎日待ちわびていたという（ウォーフィル　五九一）。こうして親交が深まるにつれて、フラーはエマソンと生活を共にしたいと考えるようになっていった。彼女はエマソンの家に滞在した際、日記にこう記している。

夜になると、赤の間〔エマソン家のゲストルーム〕に彼がやってきては、書き加えた一節を私に読み聞かせてくれた。これは私にとって、私たちが送る最も素晴らしい生活である。私がその部屋に住み、晴れた日に彼が自由に詩を書き、雨の日にはそれを読みに来てくれる、こんな生活がずっと続けば良いのに。（マイヤーソン〈2〉三三八）

フラーにとって、二人がいつでも思想や意見を交わすことのできる日々はまさに「最も素晴らしい生活」であった。彼女はエマソンと共に暮らすことで、いつでも互いが知的刺激を与え合い、高め合っていけると信じていたのである。

同様にエマソンもまた、フラーとの生活を望んでいた。彼女が一八四六年からアメリカ女性初の特派員としてヨーロッパへ旅立って以来、コンコードで共に暮らすことを幾度となく提案していたのは、ほかでもないエマソンであった。彼は一八四八年の英国滞在中、当時イタリアでの革命に巻き込まれていたフラーからの書簡を受け、こう返信している。「コンコードで共に暮らしましょう、と言いたい気持ちでいっぱいになりました」[25]（〈8〉Ⅳ 二八）。エマソンは妻であるリディアンに相談をすることなく、自宅の表門の向かいに建ててあった小さな家をフラーに提供しようと考えていたのである（ベイカー 二九七）。こうした「マーガレットのために立てた計画」は、「哀れな病身」であったリディアンにとって「悲惨なもの」であったに違いなく、彼はその後、書簡のなかでリディアンにそのことを詫びている[26]。そして、ついにアメリカに戻ろうとしたフラーが、一八五〇年、洋上で不慮の事故に遭い、

【図21】1846 年頃のエマソン（43 歳）

帰らぬ人となったことは、何とも悲劇的なことであった。

こうしてエマソンとフラーとの友情は、彼女の突然の死により幕を閉じた。彼女とのあまりに急な別れは、エマソンにとって計り知れない衝撃となった。彼は「聞き手を失った」〈5〉XI 二五八）と日記に綴り、次のように哀悼《あいとう》の意を表している。


最後まで、彼女は祖国に冷遇された。勇敢にして雄弁であり、鋭く、洗練された、献身的で誠実な魂をもつ彼女が！ もしアメリカでそのような人物を多く輩出することができたら、自由や高潔、文学や芸術もまたこの新世界において確かなものとして約束されたことだろう。〔……〕彼女は人々に自信を与え、彼らがもつとっておきの神秘を導き出す素晴らしい力をもち合わせていた。〈5〉XI 二五六）

エマソンがフラーの精神的な指導者であったように、彼女もまた彼の知的助言者であり、彼女のことを自らの「支持者」として振り返る彼の喪失感は察するに余りある。フラーはエマソンが認めるように、「素晴らしい力」と比類なき才能を有していたにもかかわらず、それらが十分な社会的評価を得るには、一世紀以上もの歳月を待たねばならなかったのである。

皮肉なことに、二人の距離を急速に縮めたものは、フラーの死後に、エマソンが彼女の回想録を執筆したことであった。牧師を務めていたウィリアム・ヘンリー・チャニング（一八一〇一八四）からその著作の打診を受けた際、エマソンは、それが「アメリカ史に必要不可欠な記録」となり、「書き記すべき、しかし公表には時間を要すべき」書であると考えた〈5〉XI 二五八）。エマソンはその社会的影響力と彼女との親交に鑑み、その執筆を決めたのであった。回想録を著すため、フラーの残した日記や原稿にあたるなかで、彼は思いがけず彼女に秘められた苦悩や葛藤を垣間みることになった（ベイカー 一三二）。「これらの日記を読んで思いがけなかったことは、彼女が女性、しかも哀れな女性であり、記述がどれもヒステリックであることだ」（〈5〉XI 五〇〇）として、と彼は述べ、さらにこう続ける。

彼女は自らの独身生活を嘆き悲しみ、夫という存在を思い焦がれている。「私には助けが必要です。いいえ、満たされた、十分な愛情による、人間離れした抱擁が必要なのです。」〔……〕これは彼女が身を置いてきた、専《もっぱ》ら文学上、そして「教育上」のつながりからのいっそう激しい反発を意味していたのだと確信する。スプリング夫人によれば、フラーは「こういった文学上の友情関係に疲れ果てました。妻や母になりたいのです」と打ち明けたという。[27]
（〈5〉XI 五〇〇）

フラーに関してこの時エマソンが発見したことは、かつて彼女が「ヒステリック」なまでに「自らの独身生活を嘆き悲しみ、夫という存在を思い焦がれてい」た、そんな「哀れな女性」であったという事実であった。また、その心中では「専ら文学上、そして教育上のつながり」に疲れ果て、そこから退きたい意向があったことを彼は知り得たのである。フラーはそういった文学上の付き合いから離れ、実は何よりも結婚し、家庭をもちたいと切望していたのである。彼女の直面していた現実と、生々しいまでにむき出しの感情に触れ、エマソンはこの時、彼女の真実をみたのであった。

研究者たちも指摘するように、いくつかの編集上の不備があるにせよ、フラーの回想録は、エマソンの彼女に対する愛情と共感が感じられる（ベイカー 三二二、ツヴァーグ〈1〉二一四）。「エマソンが記したフラーの回想録への寄稿箇所」は、奇《く》しくも彼女が亡くなる直前にエマソンが出版した『代表的偉人論』の最終章として読める」とツヴァーグは評する（〈1〉二一八）。

エマソンとフラーとの友情は、「専ら文学上、そして教育上のつながり」とエマソンが呼ぶ範疇《はんちゅう》を超えるものではなく、彼女はそのことを恨めしいと感じていたと考えられよう。彼女は一八四二年、エマソンの家に滞在中、妻であり母であるリディアンに対する思いを次のように日記にしたためている。「彼女たちは私にはないものをたくさんもっていて、私に有るものを羨《うらや》むとは思えず」、リディアンが「私のことを最も恵まれた女性だと考えている」ことが、「一見して少し侮辱的に思える」（マイヤーソン〈2〉三三二）。彼女自身とリディアンのような立場の女性たちとを比較し、自分が決して「最も恵まれた女性」ではないと述べるフラーの語調はどこか自虐的である。むしろフラーは、エマソンの妻こそが「最も恵まれた女性」であるとみなし、自分にはないものを「たくさんもって」いる彼女を羨望《せんぼう》していたことが読み取れる。フラーは当時の社会に異議を申し立て、あらゆる職業の道を女性に開くよう女性の権利を求めていた立場にありながらも、その内心では、多くの女性たちと同様に、結婚や出産によって得られる人生の充足を強く望んでいたのである。家庭という領域にとどまり、家族を支えるリディアンに代表される女性たちをフラーが羨んでいたとすれば、それは彼女自身のなかに、こうした相矛盾する人生観が混在していたからにほかならないといえよう。

それと同時に、このフラーの記述から、リディアンもまたフラーを羨望していたことも読み解けよう。フラーにとっては、「少し侮辱的」ではあったが、リディアンが自分を「最も恵まれた女性」であるとみていたことに、フラーは気が付いていた。ちょうどこの年、長男ウォルドー（一八三六―四二）を病気で突然失ってしまったことは、リディアンにとって最大の悲しみではあったが、そのうえ、エマソンの前妻への愛着や、彼の超絶主義的な結婚観に加え、フラーのようにエマソンを慕う女性たちの存在もまた、リディアンを苦悩させ、彼女の孤独感や疎外感をいっそう助長させていたのかもしれない。リディアンは、世間の尊敬を集める著名な哲学者の妻として、こうしたあらゆる試練に毅然《きぜん》と向き合わなければならないことを、少なからず無意識下で認めていたのかもしれない。

さて、こうした女性たちの視点を踏まえ、彼女たちに対するエマソンの責任について今日の観点から考えてみたい。既述のとおり、エマソンとフラーとの友情は知的な結びつきであり、それ以外の事実を示す証拠は皆無である。また、交友関係を深化させるために、友人の家に滞在することが当時の知識人たちにとっては珍しいことではなかったことを考慮しても、彼らの友情はこの頃の慣習に照らせば十分許容範囲にあったといえる（荒　二五五―五六）。すなわち、エマソンとフラーは、当時の超絶主義者たちにとってはごく一般的なかたちで知的交流をはかっていたといえるのである。

しかし、思想家としての立場から、エマソンはこれらの女性たちにそれぞれの役割を付与することで――すなわち、前妻エレンは理想の女性として、フラーは知的刺激として、リディアンは家庭を取り仕切る主婦として――彼自身の精神、知的活動、そして家庭生活における充足を得ていたと考えられようか。エレンは理想の女性として、エマソンの生涯にわたる想像力の源であり、彼にとって崇拝の対象に近い存在であった。フラーは、その洞察力に富んだ弁舌《べんぜつ》をとおして、いつもエマソンを新しい思想や新しい世界へといざない、彼の知的活動を促し、思想家としてのそのキャリアに重要な役割を担っていた。そして、私生活において、妻リディアンは、主婦として家事や子育てといった家庭の切り盛りを任されていた。このように考えると、エマソンはこうした女性たちに、それぞれの役割を求めることによって、自らの精神と生活の安泰《あんたい》を確保していたと推測することができるかもしれない。

リディアンに限っていえば、しかしながら、こうしたリディアン像が、彼女の一断面に過ぎず、極めて限定的であるということについて、ここから論じていきたい。その人生を概観すれば、彼女は単に家庭的な女性であったばかりではなく、活動的で、女性としての魅力や創造性に富み、闘志盛んな改革者として、社会的な影響力をもつ人物でもあったことが分かる。彼女を巡る人間関係からも、その社会的価値をうかがい知ることができよう。

なかでも友人ソローの視点は示唆に富み、これまで夫の陰に隠れた存在としてみなされてきたリディアンに、新たな光を照射するものである。彼は仕事や思索で普段多忙を極めるエマソンに代わり、リディアンの支えとなり、その孤独感を埋める存在であった。講演のためエマソンが留守の間、ソローはエマソンの家に滞在し、「一家の執事、庭師、大工、樹木医、子供たちの遊び相手、そして時に事務員」としての役割に徹した（ベイカー 一四三）。なかでも、子供たちに対しては、実の父であるかのような深い愛情を注ぎ、また、彼らからも慕われたその姿は、リディアンの母親としての心情に訴えるものがあった（カーペンター〈1〉xlvii）。そして、ソロー自身もリディアンに対して特別な思いを抱いていたようである。彼らの関係について論じる者の多くが、「ソローは、エマソンの妻にいわゆる恋慕の情を抱いていた」[28]と結論付けている。

【図22】ヘンリー・D・ソロー

ベイカーは、「明らかにソローはリディアンをとても崇拝していた」と主張する（二四九）。ソローのリディアンへの愛着とロマンチックな感情は、彼女に宛てた数々の書簡に示されている。「親愛なる友」に宛て、彼は一八四三年に次の文章を送っている。

あなたの手紙を一枚読んだところで、あとの残りの部分を読むために、海を臨む黄昏《たそがれ》の丘にやってきました。〔……〕あなたの言葉は、非常に澄んだ高い天界から注がれているようで〔……〕あなたの声は、単なる声とは思えません。蒼天《そうてん》からやってくるのです。〔……〕あなたの思想は、いつも私の人生を高め、〔……〕それはまるで宵《よい》の明星《みょうじょう》を見上げる時のようです。〔……〕時折コンコードでは、己の行動が〔……〕あなたの影響に支配されていたことに気付きました〔……〕あなたの手紙が与えてくださる喜びは――それはしばらく消えないでしょうが――言葉にならないほどです。どうかあなたの最高の思想にお供させてください。（二一九―二〇）

この一節は、ソローがリディアンに向けて、特別な感情を伝えるものである。リディアンの言葉や思想の一つ一つが、ソローを感化し、いかに彼がリディアンを敬愛し、二人が真の友情を築いていたかがここから読み取れる。彼が生涯にわたり、女性に対して奥手であったという事実に照らし合わせれば、ロマンチックな詩的表現に満ちた「この超絶的な愛の書簡」（ベイカー二四九）を彼女に送ったことは意義深いことであるといえるのではないだろうか。

また、次に引用する別の書簡においても、ソローのリディアンに対する深い愛着が感じられる。

私にとって少し年の離れた姉のようであるあなたという存在は何と抗《あらが》いがたく、まるでその満ち欠けが時の尺度であった太陰暦《たいいんれき》の時代における月の影響力のようです。あなたは私にとって女性を代表する存在だということを分かってください〔……〕。あなたと向き合いたいのです。なぜならあなたは誠実な人であり、これは大変素晴らしい美徳です。二年間もの間、影響を与えてくださったことに感謝します。その影響が受けられ、今でもそれを覚えていられることは幸運なことです。それはこの世における最高の贈り物です。〔……〕あなたは私の人生を高めてくださいました。〔……〕あなたを失望させてはいけないという思いにかられていました。なぜなら、私たちの関係以上に素晴らしい何かにあなたの関心が向けられてしまうことほど悲しいことはほかにあり得ないからです。（一〇三、強調は原文のまま）

ここには、ソローのリディアンに対する思慕が集約されており、女性としてのリディアンの魅力を感じさせるものである。彼女の存在は「太陰暦の時代における月」にも例えられているように、彼にとっては絶対的であり、二人の友情が厳かにして神聖不可侵であるかように見受けられる。「私たちの関係以上に素晴らしい何か」を認め得ぬほどに、彼は二人の友情を理想化している。彼にとってリディアンは「女性を代表する存在」であり、得がたい異性の親友であった（カーペンター〈1〉 xlviii-xlix）。すなわち、この書簡は、彼女へのある種の愛の告白にあたるとも考えられよう。ウォルター・ハーディングとカール・ボードは、先に引用した書簡に関して、「虚心坦懐《きょしんたんかい》にこの文章を読むほとんどの人にとって、これはラヴレターである」と述べている[29]（二一二）。

リディアンもまた、ソローに絶大なる信頼を置いていたことは疑えない[30]。リディアンはソローがいなければ家庭を切り盛りできないほどに、物理的にも精神的にも彼を頼っていたうえに、その人となりに大変魅力を感じていた（ベイカー　二四四―四五）。ある時、留守中の夫に宛てた書簡において、リディアンはソローについて言及しながら、その日の出来事を次のように報告している。

> リチャード・フラー〔マーガレット・フラーの弟（一八二四―六九）〕は、新年のお祝いにと、ヘンリー〔ソロー〕にオルゴールを贈りましたが、彼の子供のような喜びようはみていて愉快なものでした。新しいものを手にしてこれほどまでに喜ぶ人を、私はみたことがありませんでした。彼はこれほど素晴らしいものはないと述べ、その音色を聴いた後、彼

は自分の家族に急いで見せなければといいました。私はその時の彼の振る舞いに共感と感嘆を覚え、実に心が温まり——そして今まで以上に人間というものが好きになりました。

（一一八）

これは、リディアンがソローの言動を常に温かく見守り、その感受性に好意をもっていたことを読む者に感じさせる一節である。「その時の彼の振る舞いに共感と感嘆を覚え、実に心が温まり」、「今まで以上に人間というものが好きに」なったと述べる彼女にとって、ソローは最も敬愛すべき人間の一人であり、夫の不在時に物心両面で支えてくれる存在であったことが、ここから想像できる。[31]

エマソンとフラーとの関係と同様に、リディアンとソローとのそれもまた、おそらく最上の親友関係であったといえよう。カーペンターは、リディアンとソローの人格を考慮したうえで、彼らは「精神的につながっていた」（〈1〉xlviii、強調は原文のまま）と示唆している。ソロー自身が認めていたように、十五も年の離れたリディアンと彼との関係は、おそらく姉と弟のような深い絆で結ばれたものでもあったのかもしれない。

3　妻リディアンと「真の女性らしさ」

エマソンと社会改革運動というテーマにおいて重要な課題の一つは、改革者エマソンがいかにその思想を実践させていたかという点である。これに関して、さらに重点的に目を向けておきたいのは、特に妻リディアンの視点であろう。

リディアンは、ある意味では「真の女性」としての立場にありながら、社会改革においては夫以上に先取の思想をもち、彼を改革者としての行動に駆り立てていたことは、すでに論じた。多くの女性改革者たちと同様に、当時のアメリカ社会の精神風土に見合う、自らの主体的な役割を模索しようと、彼女もまた改革運動に身を投じたと考えられる。この点においても、リディアンにさらなる光を当てることなく、改革者エマソンについて語ることはできないのではないだろうか。

先にみたように、リディアンがソローの献身を必要とし、彼と家族同然の関係を育んだことは、ある意味においては必定《ひつじょう》であったと推察できる。なぜなら、エマソン家の女主人としてその大所帯を取り仕切っていくには、実際に相当の助力が必要であったと考えられるからである。もっとも、遡《さかのぼ》ること一八三五年、彼女はエマソンによる結婚の申し出を受け入る直前に、著名な思想家の妻になることに対して、かなりの精神的プレッシャーを感じ、その立場に課されるであろう重責をすでに予期していた。彼女は「尻込みするほどの過重な苦役」について想像し、自分は「一家の有能な女主人」にはなれないのではないかと、その不安な胸中を未来の夫であるエマソンに吐露していた（E・T・エマソン〈2〉四八）。

そうした結婚前の懸念どおり、実際にエマソン家を切り盛りしていくことは、リディアンにとって決して容易なことではなかった。哲学者エマソンの妻としてだけではなく、四人の子供の母として、また使用人を束ね、夫のもとを年中訪れる多くの客人をもてなす女主人として采配《さいはい》を振るわなければならなかったのである。[32] 特に彼女にとって大変であったのは、夫が何か月間も講演旅行のため留守にする際、「常にほとんど崖っぷち」（ベイカー　三五七）であった家計のやり繰りを含めた、あらゆる責任を負わされていたことであった。このような状況において、彼女がソローを恃《たの》みとしていたとしてもなんら不思議なことではない。

当時の価値観に照らしてみれば、リディアンは典型的な十九世紀の白人中産階級の女性とみなされよう。彼女は、「真の女性」が従事する「家庭、家族、子育て、家事」（デュボイス／デュメニル　一三八）という領域において、腕の良い主婦としてその力を発揮したのである。

この点において、娘のエレンは母の伝記のなかで、多くの証言を残している。

母の才能の一つは、無から有を創り出すことであり、そこに素晴らしい効果を生み出す余地があった。家は美しく、子供たちはきちんと身なりを整えられていなければならず、こういったことは母にとっては必須事項であったが、父はどちらもさして重要ではないと考えていた。〔……〕倹約に努めることは母にとって自然なことであった。〔……〕母は父と違って家計管理に自信をもっていた。〔……〕母は自分が家計全般において慎重で厳しく、そのうえ利益の上がるような独創的な経済活動をしていることが分かっていたので、父がそれについてまったく評価せず、彼女が向こう見ずな、そして無情なまでの浪費家であるとさえ思っていたことは母を悲しませたのである。〈2〉九五―九六〉

当時の基準から考えれば、リディアンが大変有能な女性であったことがここに示されている。彼女は「無から有を創り出す」ことに長けた、創造性に富んだ主婦であり、また、限られた家計をやり繰りするという経済活動におけるその才能は、夫よりも優れていたことが明かされている。しかるに、エマソンはそうした彼女の活動を「さして重要ではない」とみなし、倹約に励むその努力もあえて評価することなく、「彼女が向こう見ずな、そして無情なまでの浪費家であるとさえ思っていた」ことは、こうした点における彼の無理解を物語るものである。

エマソンは、家事全般に無関心であった。後にリディアンは、叔母の言葉を借りながら次のように述べている。「〈夫はいつも最善を心得ている〉というのが当時の私の信条であり、本当にそう思っていました。〔……〕〔しかし〕私の分野に関して、夫は預言者になり得ないのです。夫が家事に関して分かっていることなどあるはずがないのです」〈E・T・エマソン〈2〉

六九）。夫の教えを金科《きんか》玉条《ぎょくじょう》としてきたリディアンであったが、こと家事に関しては、彼が無知であることをこのように語っている。彼女が家事を「私の分野」とし、それに関して「分かっていることなどあるはずがない」夫を彼女の領域から排除している様子がうかがえる。このように、家庭という私的領域は女性のものであるとする、当時の一般的な価値観が、彼らの家庭内にも厳然と根付いていたことは明らかである。

かくして、妻として、母として、そして一家の主婦として、リディアンは夫や家族を鼓舞し、支えることで、当時の女性に付与された役割を積極的に果たしていた。さらにリディアンは、「真の女性」として、公的労働に従事する夫を「舞台裏で」サポートし、あらゆる問題に対する夫の公的関与を水面下で促すことで、自らも間接的な社会参加を実現させたのである。

【図23】1847年頃のエマソンの妻リディアンと次男エドワード

この点において、日常的にリディアンがエマソンに及ぼした影響の数々は、実に枚挙《まいきょ》に暇《いとま》がない。たとえば、カーペンターも指摘するように、一八四三年、リディアンは、まだ若きソローの講演者としての実力をいち早く認め、次のように夫に力説している（〈1〉xlvi-xlvii）。「私はヘンリーの行なった講演が大変気に入りましたし、ほかの人々も気に入ると信じる理由があります」と、彼女は夫への書簡に綴り、「ヘンリーは講演者として周知されるべきです。あなたはできる限り彼について宣伝をしなくてはなりません」と続けている（一二八）。誰よりも早くソローの潜在能力に気付いた妻のこうした助言によって、エマソンが彼を講演者として引き立てるようになったことがここに示されている。このようにリディアンは、さまざまなテーマに関して夫と議論を交わし、そうすることが当時の社会において「真の女性」が社会への参与を果たす唯一の手段であることを心得ていたのである。

それと同時に、リディアンはそうした「真の女性らしさ」の枠組みを超えようともしていた。彼女は被抑圧的な当時の女性の領域から脱し、文筆業という男性中心の世界へと足を踏み入れたいと願ったのである。彼女は夫のようにペンの力で自身の考えを社会に公表したいと切望しつつ、それをためらう理由を次のように娘に語っている。

私がそうしないのには、いくつかのもっともな理由があるからなのです。まず私が無名であり、何か書いたところで編集者たちは出版してくれないでしょう。もう一つには、私は馬鹿にされない文章をどのように書けばよいのかよく分からないからです――もし私が書いたものを出版したとしたら、パパはどう思うでしょう？　私はすでにこうして物を書いていますが。[33]（三〇九）

ここには、執筆活動に求められる資質も能力もないことを自認するリディアンの控えめな態度が映し出されている。「私はすでにこうして物を書いていますが」と述べるように、彼女は家族や友人に宛ててたくさんの書簡を書いていたが、彼女の真の願望は、書いたものを「出版」することであった。このような大志を抱いていたにもかかわらず、彼女は自分が「無名」である以上、「何か書いたところで編集者たちは出版してくれない」と自らを過小評価し、その野心を断念したのである。そのうえ、彼女にとって気がかりなことは、「馬鹿にされない文章をどのように書けばよいのかよく分からない」ことであり、それにより「パパ」を不快にさせることであった。要するに、彼女の懸念の根底には、彼女自身の知的劣等感があったのである。そうした低い自己評価に由来する無力感や弱気な姿勢が、自らの前途を狭め、一歩踏み出す勇気を挫《くじ》いていたといえよう。

リディアン自身も察していたように、ボストンの出版業界における男性中心主義もまた、彼女のキャリア展望の妨げになっていた。この当時に活躍していた男性作家たちは、女性の書いたものにほとんど注意を払わず、専ら彼女たちをこの業界から排除していた。一例を挙げるとすると、アメリカの教育改革者エリザベス・パルマー・ピーボディ（一八〇四―九四）が『クリスチャン・エグザミナー』紙に記事を投稿した際、編集者アンドリュー・ノートン（一七八六―一八五三）は、彼女に女性であるという理由だけで、「学識に欠ける無資格者」(34)という烙印《らくいん》を押し、その投稿を認めなかったという。

しかし今日では、そのような歴史に埋もれた、いわゆる「物書き女ども（"scribbling women"）」の書いたものが注目を集め、その文学的価値が見出されている。研究者たちによって、当時の女性による書簡や日記などが次々に掘り起こされ、これらは「仲間との意見交換に使う第一手段」であり、「当時の最も生き生きとした文書」[35]であるとみなされ、私的な文学活動の記録として扱われるようになった。たとえば、コールとジャナ・アルジャーシンガーは、「公私の表現は密接に結びついており」、「もともと私的読者に向けて書かれたものは、出版物と同等のものとして考える価値がある」と指摘している（七）。

さらに、ロバート・N・ハズペスは、こうした未出版物にこそ文学的価値があると考える。彼は、親しい者同士で交わされた、直接的で私的なやり取りや個人の記録を「未出版文学」として捉え、これらは「編集、出版といった一連の作業の介入」の過程を経て手が加えられた出版物よりも、はるかに真実味があると主張している[36]（三二七）。こうした観点からいえば、リディアンもまた、数々の書簡を通じて、彼女自身の考えを他者に表明しようとした「有望な物書き」の一人であったと考えることができるのである。それにもかかわらず、当時の男性中心社会のなかで生きたほかの女性たちと同様に、彼女もまた文筆業に携わろうとする野心を無謀だとして諦め、志を貫くことなく、その前途を断ったのである。

とりわけ、夫の反応を気にかけていたリディアンにとって、最大の障壁となったのは、彼にあった伝統的な女性観だったと考えられる。エマソンは日記のなかで、当時のイデオロギーを踏襲した自身の考えを次のように書き残している。「母親の教育は、靴と靴下、エプロンと帽子に関することである。〔……〕女性は何かを書いたり、戦いをしたり、物を建てたり、作曲したりすべきではなく、男性を感化することで、すべてを実現させるのだ」[37]（〈5〉Ⅷ 一四九）。当時の社会で支配的であった男女観、つまり「行動と指導は男性、感化と援助は女性の分野」（デュボイス／デュメニル 一三八）とする価値観がこの記述に集約されている。コールが鋭く指摘するように、確かにエマソンは、書簡に綴られた叔母メアリーの文章を高く評価し、彼女の才能をシェイクスピアや、新約聖書に収められている多くの書簡を書き記したとされるパウロにさえ匹敵すると称えていたにもかかわらず、彼女に作家や講演者としての可能性を見出すことはなかった（〈6〉四一九）。もし彼が「女性は何かを書いたり、戦いをしたり、物を建てたり、作曲したりすべきではな」いという伝統的価値観を、暗黙のうちにも妻に対して強要していたとすれば、彼女の知的意欲がそがれたとしても、それは頷《うなず》けることであろう。

かくて自分の書いたものを公に発表する代わりに、リディアンはその能力とエネルギーを別の場で、つまり社交や改革運動という場で活用する道を探し当てた。彼女はその巧みな話術と社交力で、夫の客である「風変わりで多種多様な人々」（E・T・エマソン〈2〉八〇）をいつも温かくもてなした。娘のエレンによれば、一度に訪れる客が「七十か八十人」（〈2〉一八二）に及ぶこともあり、彼らを「父も母も温かく迎えた」という[38]（〈2〉七一）。来客を楽しませたものは、エマソンの講話ならびにリディアンとのウィットに富んだ談笑であった。さらにエレンは、弟エドワード・ウォルドー・エマソン（一八四四―一九三〇）の言葉を借りつつ、次のように分析している。

「会話力は母にとって天賦の才能のようだ。〈エマソン夫人がいなかったのは残念だった〉という声や、〔……〕〈最後にエマソン夫人が話をし、愚か者たちは皆、口を閉じた〉という声をいつも耳にした」。〔……〕人々は母が話せば喜ぶのだ。父は大変意気揚々《ようよう》とし、しばしば参加して母の話を聞いては、「私は彼女が心穏やかにしているのをみるのが好きだ」し、たとえどんな見知らぬ人でも、たちまち彼女の言葉の重みを認めてしまうことが私には分かっている。彼女は人々の称賛に値する人だ」と言う。（〈1〉Ⅱ 三一六）

このように、リディアンはその巧みな話術で人々を魅了し、夫であるエマソンもまた、そうした彼女の姿に満足し、「彼女の言葉の重み」を高く評価していた。さらに、彼女はルイーザ・メイ・オルコットが創ったクラブにおいて、公に話す機会を幾度か得るなかで、人々から称賛されている。ある晩、クラブを訪れた人が「なぜいつもエマソン氏の話ばかりでエマソン夫人の話を聞かないのですか。彼女も彼と同じくらい実に素晴らしいと思います」と述べたという（E・T・エマソン〈2〉一五五）。エレンもまた、そのクラブでの母のスピーチに感銘を受けた一人であり、その時の様子について次のように回想している。「母は本領を発揮していたようだった。生き生きとし、饒舌《じょうぜつ》で、話すことすべてが誠実で偽りなく、声は最高に美しく響いていた」〈2〉一五六)。その話術は尊《とうと》ばれ、彼女はシェーカー教徒の集会において、たくさんの男女を前に即興でスピーチをする機会を得ている(カーペンター〈1〉xiii)。

また、リディアンはもち合わせた力と情熱を改革運動にも傾けた。既述のとおり、彼女は社会問題に高い意識をもち、奴隷制廃止運動や女性解放運動といった社会改革運動に深く与した。エレンによる伝記には、リディアンが動物虐待反対運動にも熱心であった事実が明示されている。[39] 彼女はマサチューセッツ動物虐待防止協会の創設以来、その準年間会員であり続け、一八七二年にはコンコード支部の副会長を務めたのである。おそらく彼女の影響により、エマソンもまたその運動に参加した。エレンは、リディアンが友人たちや各学校への配布用にその機関誌を何部も定期購読し、さらには彼女の寄稿文がその機関誌に掲載されたという事実についても明かしている(〈2〉一六七—六八)。かつては文筆活動を諦めたリディアンが、匿名とはいえ、記事を著したのである。これらのことを総括すれば、リディアンは、もはや単に家庭という私的領域で、夫や家族を励まし支えるだけの存在ではなく、社会改革の時代において公的な役割を担う、厳密な意味での「真の女性らしさ」の枠組みを逸脱した女性であったと考えることができる。

リディアンは、夫以上に社会改革に意欲的であった。晩年に娘のエレンに宛てた書簡において、かつてエマソンがチェロキー族強制移住に対する抗議文書を大統領に送った時のことを、リディアンは次のように振り返っている。「お父さんは闘争的な人ではありませんが――例外がありました！　その偉大なる道徳心から、チェロキー族のためにアメリカ大統領に書簡をしたためたのです」[40]（三〇八、強調は原文のまま）。彼女はそれまで社会問題に対して煮え切らない態度を取っていた夫が、チェロキー族のために起こした行動を高く評価している。エマソン自身にとってこの時の行動は「意に反した」（L・J・エマソン　三〇八）ものであったかもしれないが、リディアンはこのように彼の決断を後々まで誇りに思っていたのである。

また、リディアンは先住民族であるモドック族殲滅《せんめつ》に動いていた当時のアメリカ政府に対しても強く抗議していた。一八七二年から翌年にかけて、モドック族とアメリカ軍との間でモドック戦争と呼ばれる武力衝突がオレゴン南部とカリフォルニア北部で勃発《ぼっぱつ》した。[41]エレンへの書簡のなかで、彼女はその戦争について次のように述べている。

もし私にお父さんの力と影響力があったなら、すぐにでもモドック族について何か公にするでしょうに〔……〕我々白人の野蛮人たちは〔……〕、いまや先住民族すべてを駆逐《くちく》しようと激しく吠《ほ》え立てています。〔……〕〔そのなかには〕男性、そして女性や子供たちまでもが〔います〕!!!〔……〕女性や子供たちへの対応については触れられていません。今私がこの国のあらゆる新聞でこれらのモドック族のために発言できれば良いのですが。（三〇八―〇九、強調は原文のまま）

このように、リディアンは特に女性と子供に心を寄せていた。ブランドンによれば、モドック族は男性、女性、子供を含めおそらく二五〇名ほどであったというが（一九九五）、リディアンはそうした社会的弱者の代弁者として、彼らの苦境についてアメリカ社会に訴えていきたいと願っていたのである。彼女は夫の「力と影響力があったなら、すぐにでもモドック族について何か公にするでしょうに」と述べているが、これは、そうしない夫を不満に感じていたことの裏返しでもある。コールも指摘するように、これらの発言は、リディアンが社会問題に対する夫の積極的な関与を促していたことを示唆するものである（〈4〉六七）。

しかしながら、当時の女性改革者たちと同様に、リディアンもまた、男性支配の社会構造に直接挑もうとしたわけではなかった。ウォルターズが論じるように、アメリカにおける女性解放運動の第一世代にあたる同時代の活動家たちは、「女性に求められた道徳心を前面に掲げることで、女性らしくない行動は極力避け、男性、特に聖職者の指導に従うことによって、女性に与えられたステレオタイプを強固にした」のである（〈1〉一〇七）。リディアンもまた、自身の力と経験を最大限に活用すべく改革運動に参加したが、その過程において、夫に服従し、そして自らの「道徳心」を示そうとした。彼女の意図したことは、家父長制そのものに異議申し立てをすることではなく、あくまで家庭に限定された女性の領域を暗に否定することであった。換言《かんげん》すれば、彼女は、男女に与えられた伝統的な役割を受け入れつつ、女性の領域を拡張したいと願ったのである。

それと同時に、リディアンは父権主義的な社会に息苦しさもまた感じていた。リディアンのウィットは、女性に対して「服従を強いる十九世紀の社会」に対する欲求不満の「はけ口」であろうとカーペンターは指摘している〈1〉xi-xii)。さらに、リディアンの長引く病もまた、その結婚生活や当時の慣習に対する鬱積した不満の表れであったとも考えられる。先に述べたように、彼女は一八四〇年頃からの約三十年間、憂鬱と絶望感に苛まれ、塞《ふさ》ぎ込む日々を送っていた。この頃のリディアンのコメントを、エマソンは次のように日記に書き留めている。「親愛なる旦那様へ、私など決して生まれてこなければ良かったのです。神は私にこの苦しみの埋め合わせをどのようにしてくれるのでしょうか」[42]（〈5〉Ⅷ 三六五）。もちろん、リディアンの病気の原因は一つではないであろうし、またそれを究明することは今さら不可能ではあるが、それが主として女性（妻）であるがゆえの被抑圧意識に起因していたと推察することは、あながち的外れとはいい切れまい[43]。「エマソン夫人」というビッグネームに付随する役割や責務に対する重圧や、夫が前妻エレンや、フラーに代表される女性たちとの排他的な心の交流を続けていたことによって生じた孤独感が、長い時間をかけて打開できない閉塞《へいそく》感となり、彼女を精神的に追い詰めていたとは考えられないだろうか。

おそらくリディアンは、こうした病との悲痛な闘いのなかで、自らに残されたエネルギーを社会改革に向けることで、その鬱憤《うっぷん》や被抑圧感を払拭しようと努めたのであろう。キャロル・

スミス＝ローゼンバーグは、ジャクソニアン・デモクラシーと呼ばれる、十九世紀前半の民主主義進展の時代に特徴的な、変革への期待を擁する当時の楽観的な社会風潮と、そのなかで女性に求められた服従的役割とが著しく乖離《かいり》していた状況について指摘し、これこそが十九世紀初期の女性解放運動を導いた主要因の一つであったと論じている（五六四）。女性たちは、人々が変革そのものを自明の善と考え、社会や人間に備わる無限性を信奉していた当時の自由で解放的な気風と、自らが実際に手にし得る可能性とがかけ離れているという矛盾を、それ以前にも増していっそう敏感に感じ取ったのである（五六四）。それにもかかわらず、当時多くの女性たちは、自らに課された役割に公然と挑戦することを憚り、その結果、追い詰められた彼女たちの不満や怒りの矛先《ほこさき》は、爆発的なかたちで当時の社会運動へと向けられるようになったのである（五六四）。

このように、当時のアメリカにおいて、民主主義という新たな風が吹き荒れるなかで、リディアンもまたその時代に見合う、自由で積極的な役割への願望を表出させる手段として社会改革運動に加わったのではないだろうか。このように考えれば、彼女の経験は同時代の女性解放運動家たちのそれと見事に重なるものであり、彼女は十九世紀初期の女性改革者の一人に数えられよう。著名なユニテリアン派の牧師であるジェイムズ・フリーマン・クラーク（一八一〇―一八八八）を弟にもつ、芸術家サラ・フリーマン・クラーク（一八〇八―一八九六）が、リディアンに関して次のコメントを残している。

彼女はエマソン氏とはまったく異なる一方で、彼にほとんど匹敵する人物だと思います。〔……〕彼が男性のなかで際立っているのと同様に、彼女は女性のなかで際立っています。〔……〕彼女は高邁な超絶主義者です。感性に溢《あふ》れ、自立した心をもっています。それは誰に匹敵するといえましょうか。マーガレット・フラーでしょうか。(44)

クラークが証言するように、リディアンはエマソンやフラーに並ぶほどの社会的重要性をもつ女性であったといえる。

そのようなリディアンが患った、被抑圧意識に起因し得る長引く病は、不幸なことに、夫であるエマソンにとっては理解しがたいものであった。当時、医学的にも解明しきれなかった妻の健康状態は、何十年もの間、彼を深刻に悩ませたのであった（カーペンター〈1〉xvii）。彼は妻の病を「悪」（〈8〉Ⅳ 四五五）と呼び、彼女の抱える過度なストレスと不満の根本的な原因を正確に把握することができなかったようである。彼は日記に次のような記述を残している。「十分に養い、決して暴力は振るわない。これ以上、女性は何を求めようか、と善《よ》き夫は尋ねた」（〈5〉Ⅶ 四五四）。ポートも指摘するように、この記述が彼自身に関する言及であるのか否かは不明ではあるが、これはエマソンが妻の感情を扱いかねていた当時の様子をほのめかすものであろうか（二一四）。自室にこもる妻に対して、彼は「善き夫」として取るべき行動が分からず、途方に暮れていたのかもしれない。また、ここには、夫が家族への務めを果たしている以上、妻はいっさいの不平不満をもつべきではないという、彼の父権主義的な家族観が含意されているとも考えられる。もしそうであれば、おそらくエマソンは、妻の不調の主な原因が、そうした家父長的な伝統に対する欲求不満にこそあった可能性について思い至らなかったのであろう。

こうしたことから、社会改革者としてのエマソンと、家庭における夫としてのエマソンとの間にある矛盾と乖離が指摘され得ようか。神に向かって永遠に「進化」し続けることのできる人間のもつ力と可能性を追求する改革者エマソンにあって、もし最も身近な女性である妻の志ある営為に注意を払わず、彼女の可能性を伸ばすことができなかったとすれば、それはいかにも皮肉であるとみなされよう。

「自己信頼という、エマソンの個人主義におけるキーワードは」、女性の権利を巡る運動という文脈においては、「女性の男性からの自立を意味する」とコールは論考する〈5〉五四三)。エマソンの唱えた自己信頼の理念は、女性の主体的な思想と行動を導いた点において、女性解放に少なからず影響を与え、その証拠に、彼が当時の女性改革者たちから尊ばれていたことは、すでに第三章でも詳述したとおりである。しかるに、もし彼のリベラルな姿勢が、彼にとって最も身近で最も現実的な家庭生活にまでは及んでいなかったとしたら、我々は改革者としての彼の限界もまた、認識せざるを得ないということになるのであろうか。

◉注

（1）リディアンの結婚観を示す当引用に関しては、コール〈4〉八二）を参照。

（2）スーザン・L・ロバーソンは、一八四〇年代以降にエマソンが積極的に政治参加をしたのは、エレンの病死を巡る精神的なショックによるところが大きいとみている（一〇）。

（3）最愛の妻であったエレンの死を受け入れがたかったエマソンは、彼女の死後一年が過ぎた頃、その墓を訪れ、棺を開けたと自ら日記に告白している〈5〉Ⅳ 七）。これに関しては、中田裕二（二八一）、R・D・リチャードソン（一二一）を参照。

（4）引用部分の邦訳は、中田訳（二七八）を参照。

（5）引用部分の邦訳は、中田訳（二八四）を参照。

（6）引用部分の邦訳は、中田訳（二八五）を参照。「私たちに娘が生まれた (a daughter was born to us)」ではなく、「私に娘が生まれた (a daughter was born to me)」と表現している点を、中田は「少々変に思われる」と述べている（二八五）。

（7）エレンとの甘美な思い出を大切にし続けたエマソンは、リディアンとの婚約中であった一八三五年の日記においても、エレンへの深い愛情を次のように記している。「私はエレンを愛していたし、今でも愛しているが、その愛情は私自身を幸せにしてくれる耽溺《たんでき》以外の何物でもない」〈5〉Ⅴ 一九）。これに関しては、中田（二八四）を参照。

（8）当時のある晩、リディアンは天国で出会ったエレンに夫を委ねるという夢をみた。リディアンからこの夢について聞いたエマソンは、彼女を慰めようと次のように話した。「そのような夢は気高い夢に過ぎない」と（E・T・エマソン〈2〉七七）。このエピソードを、フロイトの精神分析学の観点からみれば、リディアンはこの時、無意識レベルで精神的な被抑圧状態にあったと解釈できよう。この夢に関しては、R・D・リチャードソン（一九四）を参照。

（9）概していえば、エマソンは妻をとても思い遣《や》っていたと考えられるが、彼女の感情的な求めに対しては、時折鈍感であったように見受けられる。カルロス・ベイカーが指摘するように、エマソンは何日間も妻を残して家を空けたが、それは、日頃から締め切りに追われる夫を支える妻にとって、夫の留守が「完璧な平穏」となるに違いない、と信じていたからであった（二四六）。エマソンは一八三八年に滞在していたハノーヴァーからの書簡のなかで、「あなたが徐々に健康になっているものと信じています。これまで身近にいた夫という姿をした、〈大慌て〉の恐怖を感じることがなくなったのですから」（〈8〉Ⅱ　一四五）と綴っている。

また、エマソンは一八七三年にヨーロッパへ旅立った際、英国から次のような書簡を妻に送っている。「これまで寛大な心でよくやってくれ、嬉しい手紙も送ってくれました。こうして休養し、いっさい何もしないでいることが、必至のことであり、また健康に良いのだと、努めて思うようにしなければなりません」（〈8〉Ⅵ　二三四）。これらの発言から、彼は妻の健康によかれと思い、家を離れていたことが推察できる。

（10）エマソンの出発後、リディアンはソローに彼女自身と家族のために、しばらく生活を共にして欲しいと頼み、その一週間後、彼はこの依頼に応えるべく、ウォールデン湖畔の小屋を離れ、二年二か月と二日の森での生活にピリオドを打ったという（R・D・リチャードソン　四三九）。

（11）しかし、リディアンは次のようにも言及している。「あなたが戻られたらすぐに善き妻となるよう努力します。もし今までそうでなかったとしたら」（一五八）。この内容から、コールは「この苦しい時期を乗り越え、二人の間に新たな関係が芽生えたようである」と精察している（〈4〉七七）。

（12）以後、本書で用いるフラーの一八四二年の日記における記述は、ハーヴァード大学ホートン図書館に断片的に所蔵されている資料をもとにした、マイヤーソンの論文から引用する。詳細は、マイヤーソン（〈2〉三二一）を参照。このフラーの日記については、コール（〈4〉七四）を参照。

（13）エマソンの結婚観を示唆するこの引用に関しては、ベイカー（一九四）を参照。

（14）この点に関しては、グジョン（〈9〉三九三）、R・D・リチャードソン（二七〇）を参照。娘のエレンは母親の生来の感情的な性格と奴隷制抗議への強い情熱について、次のように語っている。

母は新聞を忠実に読み、奴隷制擁護の主張を目にしては国家を嫌悪していた。奴隷制のもたらすあらゆる恐ろしさについて知り、あれこれと考えを巡らせていた。そのため、鞭《むち》打たれたり、母親から引き離された小さな子供が売り飛ばされたりするのを、まるで母自身がいつも目の当たりにしているかのようであった。母は反奴隷制協会の一員として、奴隷制が廃止されるまで熱心に活動していた。〈2〉八三―八四）

(15) グジョン〈9〉三九三）より引用。

(16) しかしながら、フラーは日記のなかで次のように付言している。エマソンは「リディアンを一番に愛し、常に愛している」（マイヤーソン〈2〉三三二）。R・D・リチャードソンもまた、リディアンがいつも夫のことを「ミスター・エマソン」と呼んでいた事実に言及し、実際の二人の関係性については、「伝統的なニューイングランド式の慎み深さという、越えがたい壁」が夫婦間にも存在していたことを加味したうえで検証しなければならないことを示唆している（一九二）。

また、両親の関係について、娘のエレンは次のように述べている。「父に対する母のとてつもなく激しい愛情と、母が父と接する際に見せる冷淡さには常に驚かされた」（〈2〉四八）。このように、もしリディアンも「伝統的なニューイングランド式の慎み深さ」で、夫に対する「とてつもなく激しい愛情」を努めて控えていたとすれば、ましてやエマソンは妻への愛情表現をより抑制していたはずである点を考慮すべきであろう。

(17) ハリー・R・ウォーフィルもまた、この記述から二人の関係について考察している（五九〇―九一）。

(18) 荒このみは、「多くの銃」とは、「幅広く太刀《たち》打ちできないほどの学問があったというだけではなく、フラーの慣習に囚われない、自由な発想をも暗示していたのだろう」と論じている（二六七）。

(19) エマソン夫妻の様子を探る手がかりとして、ベイカーもこの引用に着目している（一八七―八八）。

(20) ウォーフィル（五九〇）より引用。

(21) ポーラ・ブランチャード（二〇九―一〇）より引用。この記述に関しては、ベイカー（二五三―五四）を参照。

(22) このエピソードと、次に続くエマソンの日記からの引用〈5〉Ⅶ 四〇〇）については、R・D・リチャードソン（三三八―三九）を参照。

(23) ここにフラーの名は明記されていないが、これが彼女の愛の求めに対する記述であろうことをストローチは考察している（七〇―七一）。引用部分の邦訳は、荒訳（二五九）を参照。

(24)「鍵となる文書――つまりマーガレットがエマソンに宛てた愛の告白を綴った書簡――は残されていない」が、彼女の気持ちは、「次第に愛へと発展していった」とストローチは断言する（七〇）。フラーはニューヨークに在住中、コンコードに立ち寄り、エマソンと再会したが、その際、「ひどく失望」したことがあった（ベイカー　二六一）。「私たちの気持ちは合わなかったのです」と彼女はその時の様子について友人に書き送っている。「彼はプラトンと共にあり、私は本能と共にあったのです」（〈2〉Ⅳ　一六七）。ここに、フラーとの知的な友情関係を貫くエマソンの姿が暗示的に例証されているといえよう。

(25) 一八四八年、イタリア人活動家であるジュゼッペ・マッツィーニ(一八〇五―七二)は、フラーに宛て次の書簡を送った。

私は〔……〕彼〔エマソン〕があまりに思索的な世界へと人を導く、あるいはこれから導こうとしていることを不安に感じます。私が思うに、彼の思想はアメリカでは非常に必要とされていますが、我々の住む旧世界においては、我々を聖戦へと駆り立て、個人の自己改革よりも〔……〕集団による社会的影響力に訴えようとする〔……〕人物が必要とされているのです。(ダイス 一〇七より引用)

しかし、フラーは尊敬するマッツィーニの言葉とは対照的に、エマソンの掲げた理念に固執していた。一八四九年に、彼女はエマソンに対して、「できる限り私を愛してください」と請い、「この世界の恐ろしい動揺の只中《ただなか》でも、もし私が手を伸ばせば、健全で穏やかに脈打つ純粋な手が私に向けられていることをどうか実感させてください」と懇願している(〈2〉V 二四〇)。これは、フラーがイタリアで革命に巻き込まれていた間も、彼女にとっての精神的な拠り所が、依然としてエマソンにあったという事実を示しているといえよう。この引用については、ベイカー(三一六)を参照。

(26) このことについては、ベイカーが、エマソンの書簡〈8〉Ⅳ 三三一)から引用しながら説明している（二九七）。

(27) この記述については、ベイカー（一三二）を参照。

(28) これは、批評家ヘンリー・ザイデル・キャンディからの引用である（カーペンター〈1〉xlvii）。そのほか、ベイカー（二四九）、R・D・リチャードソン（四六一）、ジョエル・ポート（二一四）など多くの批評家がこの点に着眼している。

(29) ソローは日記のなかで、次の記述を残している。「他人は親類縁者あるいは知人かのどちらかに属しますが、あなたは私のものです。あなたは私に属し、私はあなたに属しています。どこで私が終わり、どこであなたがはじまるのか分かりません——あなたの領域が私の領域と出会う時、そういった調和が感じられるのです」（R・D・リチャードソン　四六一より引用）。

(30) エレンは母リディアンの伝記において、リディアンがソローからの書簡を喜んでいた様子について次のように記している。「母はソローさんから素敵な愛情あふれる手紙をもらった時、彼のお母さんに〈私には身に余る手紙です。彼は私を買い被っているのです〉と言っていた」（〈2〉六四）。

(31) デローレス・バード・カーペンターは、エマソンが、「意識的に、あるいは無意識的に、彼らの〈化学反応〉を感じ取り」、ソローをニューヨークに住むエマソンの兄弟のもとへ行かせたと指摘している（〈1〉xlviii）。

(32) 家庭におけるリディアンの役割がいかに大変なものであったかについては、次に挙げるさまざまな資料からうかがい知ることができる。ベイカー（二四五―四六）、カーペンター〈1〉xvi、〈2〉xiii）、R・D・リチャードソン（一九四）。

(33) この記述に注目し、カーペンターもリディアンの志について指摘している〈1〉xi）。

(34) コール〈7〉二二五）より引用。

(35) コール／アルジャーシンガー（七）より引用。

(36) 超絶主義にみられる初期フェミニズムについて論じるコールは、私的な書簡や日記が「超絶主義の女性たちの最も率直な思想」を示していると論じている〈7〉二二六）。また、ビュエルは、自己の表現について関心をもっていた超絶主義者たちが日記や日々の記録に文学的な価値を見出していたことに触れている〈3〉二六七―六八）。これらのことから、特に当時の超絶主義者たちは、こうした私的資料を重要なものとみなしていた。

(37) ウォーフィルは、この引用からエマソンの初期女性観を読み取っている（五九二）。

(38) エレンはさらに次のように記している。

> 招待客に加え多くの人々がやってきては、一晩の宿泊許可を請うた。料理人であるナンシー・コールワージーはある日こう述べた。「〈この家はホテルではありません〉と書いたポスターを入口に貼ります」と。〈2〉七一）

(39) 詳細は、カーペンター〈1〉xiv、〈2〉xvi、〈3〉二五〇)を参照。

(40) コールはこの記述に着目したうえで、リディアンの社会改革への意欲と関心、また夫への影響について指摘している(〈4〉六七)。

(41) 詳細は、ウィリアム・ブランドン(一九五―九六)を参照。

(42) ベイカーは、夫婦間のやり取りを示すこのようなエマソンの記述に注目している(二四七)。

(43) 「心身症」との関係を指摘し、カーペンターはリディアンの健康問題に関して詳論している(〈1〉xvi)。それによれば、こうした心因性の病には複数の要因が絡み合っているという事実を考慮し、リディアンの「幼少期の質素な暮らしと病気」、結婚後、故郷を離れたことによるホームシック(〈1〉xvi)、「妊娠や更年期におけるホルモン変化」、「長男ウォルドーの死」(〈1〉xvii)などが病気の原因になっていた可能性があるという。

(44) E・T・エマソン(〈2〉四九)より引用。

終章

「男性が女性の守護者となり、気高い心をもって女性の兄弟としての義務を理解し受け入れる時、万事が男女両者にとって順調に運ぶのである」（R・W・エマソン〈2〉XI 四二六）。最終的に女性解放運動に理解と共感を示したエマソンにあっても、その男女観は伝統的であり、父権的な色合いを帯びていた。「男性は元来、心身共にたくましく活動的である」一方で、女性は「生得的に弱く受け身で感情的であり、敬虔で慎み深い」（ウォルターズ〈1〉一〇五）といった当時のステレオタイプが、これまでもみてきたように、エマソンの思想に反映されていたのであろう。そしてこのことが、彼の改革者としての、ある意味においての限界を設けることにもつながったと考えられようか。

しかし、こうした拙速《せっそく》な結論を避けるべく、これらの議論を踏まえたうえで、本書の結びにおいて試みたいことは、主にエマソンの日記のなかをもう少し丁寧に、もう少し辛抱強く

【図24】エマソンの書斎

逍遥《しょうよう》しながら、その男女観のエッセンスを抽出し、そこから導き出される彼の包容力豊かな人間観の一端を紹介することである。これにより彼のジェンダー観や人種観を俯《ふ》瞰《かん》することで、社会改革という時代の奔流にエマソンを改めて位置づけ、そこに一私人としての限界を彼が最終的には克服したという可能性の提示を含めるとともに、彼の思想の現代的意義についても考えてみたい。

男女に天賦された特徴について論考していたエマソンが、男女の差異に、社会的かつ文化的要素の影響を見出し、今日のジェンダー論の観点を考慮に入れた点にまず注目をしたい。エマソンは男性と女性の気質上の差異が、それぞれに与えられてきた役割による営みに起因するということを認識したのである。女性が「気性の犠牲になっている」〈5〉XI 四四五）と指摘したうえで、エマソンは次のように考察している。「男性は女性ほど気性に左右されない。それは、政治、通商、文学、芸術といった、自分を離れた目的に生き、気質の影響に邪魔されない男性が多くいるからである」〈5〉XI 四四五）。女性は自らの関心や意識を「家庭」という、ややもすると主観的で私的な世界に向け、家族に対し愛情と感情を駆使することで、家事や育児に専念するよう求められた。それとは対照的に、男性は家庭を離れ、対外的に労働に従事するため、「女性ほど気性に左右されない」と考えたのである。

このように、エマソンは男女における性質上の差異を認めつつも、それが社会のなかで行なわれてきた文化的営為による結果であると洞察した。そうした彼のジェンダー観の礎には、性別を超越した普遍的な人間観があると考えられよう。すなわち、それは、我々が社会化された男性や女性である前に、一人の人間、そして一片の魂であり、その本質は性別を超越した神性にあるとする、彼の基本的な人間観である。この神性の中性化は、性別における優劣の概念を排し、個々人に等しく価値を与えるものである。エマソンは日記のなかで、当時の人々が、神に対して特定の個性と性を規定する、「父」という表現を常用することへの違和感を次のように綴っている。

父とは神の愛に対する便利な名でありイメージではあるが、もしあなた方が自らの思想の原点に立ち戻りたいと願うのであれば、そのイメージのすべてを捨て去り、可能な限り数学的で正確な言葉を用いなさい。我々はそんなに賢いはずがない。〔……〕我々は真の原点に回帰し、目を見開き、そして神という存在から発せられた最初の一筋の光のみをいまだみていることを認めなければならない。〈5〉V 四六八〉

神は「父」といった特定のイメージで偶像化されてはならず、人格も性も有しない中性化された存在として理解されなければならないという。このように、既存《きそん》の神の「イメージのすべてを捨て去」るよう人々に奨励《しょうれい》するエマソンにとって、神を表象する最も的確な言葉は、「大霊」であり、あるいは「法則」(Law)であり、これらこそが彼のいう「数学的で正確な言葉」なのである。(1)

かくしてエマソンは、性別という枠組みを超越することで、人間の理想像を次のように描写している。

優れた知性と立派な良心に大いに恵まれた人間というのは、男性であり女性でもあるという存在(Man-Woman)である〔……〕。それゆえ、その人の性との関わりは幾分混乱した不十分なものとなる。その人は女性に対して時に女性的なものを、時に男性的なものを求めるのである。〈5〉X 三九二)

エマソンは知性や人間性において性差は超越されるとし、両性具有性に理想をみたのである。また、「思想、知識、美徳において性は存在しない」〈5〉Ⅲ 一九三)とも述べているように、人間の本質に性別は不在であると認識していたことが確認できる。こうしたことから、一八六九年の女性に関する講演での、「優れた女性は、優れた男性同様に稀《まれ》である」〈グジョン〈3〉

五八九）という発言の真意も理解できよう。

エマソンは、究極的には、性別そのものに普遍的で絶対的な価値を見出さなかった。この点に関して、日記には次の記述が残されている。


いかなる時も、男性に比べ、女性の境遇が劣悪だと考えることは愚かなことである。なぜなら、どんな女性も男性の娘であり、どんな男性も女性の息子であり、女性は誰しも男性と非常に近い存在であり、ごく最近まで男性だったのだから〔……〕。男性が後に女性になるように、女性も男性になるだろう。（〈5〉Ⅷ 四一一）

現世における性別から魂は自由であり、我々の存在において、性別という要素は決して普遍的でも本質的でもない。人間の真の姿は、自己のなかに存在する「大霊」という性別を超越した神性にこそあるとするのである。この点において、性に関わる政治学が「愚か」であるとさえ示唆している。こうしてエマソンは、性を規定する生物学よりも、超絶的で包含的な形而上学《けいじじょう》の方に、物事の本質を見極める解釈の軸足を置くのである。

これらのことを踏まえれば、「すべての二十世紀以前の男性同様に、〔……〕十九世紀の男性であるエマソンもまた、女権論に反対していたに違いない」（ギルバート〈1〉二四二）という先入観が誤りであることが改めて理解できよう。極論すれば、男女は魂のレベルでは等価であり、それぞれが等しく尊重されるべきであると考えたエマソンは、無理なく適切なかたちで女性の真の要求が実を結ぶことを願っていたといえるのである。

エマソンのジェンダー観が超絶主義的解釈にもとづいているように、彼の人種観もまた、超絶主義思想に総括されよう。(2) 日記にはこう書かれている。「私はケルト、ノルマン、サクソンといった人種は、仮定的、あるいは一時的に使用されなければならず〔……〕、それも単に便《べん》宜《ぎ》上のことであり、真でも、究極でもないと思う」〈5〉XIII 二八八)。彼にとって、人種の別とは恣意的なものであり、「真でも、究極でもない」。人種という概念は普遍性をもたず、便宜的なものと考えるのである。これに関連し、エマソンは一八五六年のエッセイ『英国の印象』のなかで次のように言及している。「人種の別が固定的で変換できぬものであるという主張は、〔……〕人種間にまたがる実体のない境界が永遠に存在することを支持するには貧弱な論拠である〔……〕」。人種間の境界はそれほど確固たるものではない」〈2〉V 四九―五〇)。我々が規定する人種という枠組みは、「実体のない境界」にもとづくものであるに過ぎず、絶対的ではないという。(3) 翻《ひるがえ》って、人種を超越した人間性に普遍的価値を置くエマソンの主張がここに表出しているといえよう。

これらの性や人種を巡るエマソンの見解は、トランスジェンダーやポスト人種問題社会など、アイデンティティの再構築化に関連する議論が盛んな現代社会に訴えるところがある。特に人種に関しては、昨今のバイオ技術の飛躍的な進展に伴い、ゲノム編集をはじめとする画期的技術がもたらすDNA革命によって、我々はこれまでの人種理解を根底から揺さぶられている。(4)ポール・ギルロイが論じるように、遺伝学における技術の目覚ましい発展により、遺伝子操作や微視的身体検査が可能になった今日においては、人種分類、人種間差異における根拠が曖昧になり、人種を巡る既成概念は脅かされ、我々は人種観におけるパラダイムシフトを迫られている(一四―一五)。人種という枠組みが流動化し得る時代において、我々は人種そのものに対するこれまでの認識を再概念化することを求められているのである。

ギルロイの説く新ヒューマニズムやポスト人種問題社会に関連して、近年のエマソン研究者は、異なる人種アイデンティティや民族多元主義を認めるエマソンの世界主義的な思想についての研究に着手している。(5)ビュエルによる「現代のグローバル化する時代を予期する〔……〕国民的イコン」としてのエマソン評は含蓄《がんちく》があるといえよう(6)(〈1〉三)。

本書では、エマソンが個人の精神的な改革を重んじ、運動としての社会改革に対する消極性をもち合わせていたにもかかわらず、主に十九世紀中葉の改革運動の渦に次第に呑み込まれていった、その変遷について分析してきた。「コンコードの哲人」と仰がれた彼は、社会問題への言及や関与を避けて通ることはできなかったのである。

エマソンの名声に肖《あやか》ろうと、「反」奴隷制廃止論者や「反」女性解放論者といった、本来彼とは対極の立場を取る人々が、エマソン思想を歪《ゆが》めて解釈してきたこともまた事実であろう。(7)また、入手可能な文献や資料の欠乏という問題に加え、初期の伝記作家らによって作り出されたエマソン像が固定化されたということも、その再評価を妨げてきた要因であることは序章ですでに述べた。十九世紀末に出版されたホームズやキャボットによる伝記によって、保守的なエマソン像が人々の意識に植えつけられ、その偏ったイメージがかなり根強く残存したのである。

時代そのものもまた、こうした傾向を決定付ける要因となった。[8] ダーウィン科学や、ハーバート・スペンサー(一八二〇―一九〇三)による社会哲学に促されるかたちで、「徹底した個人主義」の考え方、つまり、政府が干渉することなく、個人の自由、社会や経済における自由競争を志向する思想が、ポストベラム期のアメリカ社会に広く浸透するようになった(グジョン〈9〉三四〇)。人々は、自己信頼を信条に個人主義を貫くエマソンを、アメリカ社会の必然的な発展のシンボルとみなし、アンドルー・カーネギー(一八三五―一九一九)やジョン・D・ロックフェラー(一八三九―一九三七)といった、ビジネスによって巨富を築き、立身出世を果たした起業家らの精神を「理解し、正当化する手段として」、エマソンを捉えようとしたのである(三四〇)。

結果として、伝統的に、これまでの批評家たちは、エマソンを新しい角度から眺めることを拒み、彼の示したリベラルな側面をごく最近まで見落としてきたと考えられる。それにより、皮肉にもエマソンは実際にはリベラルな社会改革者としての一面をもっていたにもかかわらず、その点が軽視され、長く誤解されてきたのである。こうして構築されてきたエマソン像の影響力は計り知れず甚大《じんだい》であり、不運にも、アメリカ文化におけるエマソン再考が活況を呈する今日においてさえ、事実の十分で完全な見直しにはいまだ至っていないといえる（ギルバート〈1〉二四五）。アメリカの文芸批評家ウィリアム・ディーン・ハウウェルズ（一八三七—一九二〇）は、エマソンの世評に関して次のように述べている。「彼はアメリカで最も誤解された人物であった」（六一）。もしエマソンが現代に舞い戻ったとしたら、彼はこう述べるであろう。「誤解されることはそんなに悪いことでしょうか。ピタゴラス、ソクラテス、キリスト、ルター、コペルニクス、ガリレオ、ニュートン、そしてあらゆる純粋で賢明な精神をもった人々はこれまで皆、誤解されたのです。偉大であることは、誤解されることなのです」（〈1〉Ⅱ 三三—三四）。

【図25】マサチューセッツ州コンコードにある
エマソンの自宅は、多くの仲間を惹きつけた

最終的に、エマソンは人間の美徳や社会正義を追求すべく、社会改革運動に相当の意義と妥当性を認めるに至った。総括すると、十九世紀アメリカ社会におけるエマソンの重要性は、社会発展を志向し、人々を導いた、「改革者」としての側面に集約しているともいえよう。成長し続けることのできる人間精神の無限性と、それによって絶え

間ない進歩を遂げることのできるアメリカ社会の豊かな可能性を、彼は固く信奉したのである。そして、それこそが自己信頼を中核に据えるエマソン思想の精髄といえるのである。

この意味では、エマソンは改革時代を是認し、そうした時代が擁する豊かな可能性を謳歌していたと考えることができる。それゆえ、次に引用する一八三七年の彼自身による言葉は、社会改革者としてのエマソンについて論じてきた本書のまとめにふさわしいものといえよう。

もしも生まれたいと願う時代があるとすれば、それは「革命」の時代ではないでしょうか。それはすなわち、新旧が並んで存在し、比較することのできる時代、すべての人間の活力が、恐れと希望の力によって精査され、古きものの歴史的な栄光が、新しい時代の豊かな可能性によって償われ得る、そうした時代のことです。こういった時代は〔……〕、大変素晴らしいものです。我々がその時代の扱いをわきまえてさえいる限りは。[9]〈2〉Ⅰ 一一〇)

●注

(1) この引用部分から、エマソンの神概念について、「人格的な "Father" ではなく、超人格的な "Law" であった」と高梨は述べる(〈2〉)。

(2) この点に関する議論は、イーアン・フィンセス(七四二―四三)を参照。

（3）ガーヴィーは、エマソンと世界主義的な思想についての論文のなかで、エマソンが「コーカサス人」、「アングロ・サクソン」、「エチオピア人」、「黒人」などといった人種分類に関する表現を決して厳密には定義せず、「人種や民族に関する用語を大まかに、時に区別せずに使う傾向があった」ことを指摘している（〈4〉五二二）。

（4）この点に関しては、拙論、西尾〈2〉を参照。

（5）より詳しい議論を展開している例として、フィンセスとガーヴィーの論文を参照されたい。ガーヴィーは次のように述べている。

エマソン思想は、ラディカルな個人主義という極か、正真正銘のあるいは実現化された人間の正体に関する普遍的モデルという極か、これらのいずれかにおいて最も効果的に機能している。このように個人と普遍とに対して、二重に当てた焦点は、近年の世界主義的思想の基本的な特徴である。（〈4〉五一六）

さらにガーヴィーは、エマソンの時代と、世界主義を前景に据える二十世紀後半の時代背景とが顕著に類似している点に関して、次のように言及している。

エマソンが生きた時代のアメリカでは、国家のアイデンティティはひいき目にみても不安定であり、南北戦争に至る数十年間においては崩壊しかけていた。移民は、民族と宗教の多元主義をもたらし、これらは、エマソンも認めるように、後にアメリカ文化により広く浸透するようになった。政治的なレベルにおいては、国境線は数々の戦争と条約を経て拡大していたが、それにより、国家のアイデンティティや政治主権の問題が幾度となく人々の意識にのぼるようになった。〔……〕人種、文化、民族に関する複雑な理論は、十九世紀中葉の社会を特徴付けるものであるが、これは、二十世紀後半における、アイデンティティを規定する安定的な分類としての人種や民族の解体に匹敵するものである。(〈4〉五一五―一六)

(6) フィンセスは二十一世紀の観点からエマソンを論じるなかで、ビュエルのエマソン評が的を射たものとして取り上げている(七二九)。
(7) ギルバートはこの点を強調している(〈1〉二四一―四五)。
(8) この点に関する詳細は、グジョン(〈9〉三四〇―四二)を参照。
(9) 引用部分の邦訳は、酒本訳(〈上〉一四三―四四)を参照。

あとがき

本書は、津田塾大学に提出した博士論文 "Emerson and His Ideas of Social Reform: Evolution, Race, and Gender"（二〇一四年）をもとに加筆、修正を施したものです。

本書の出版に際し、津田塾大学の「文学研究科鷲見八重子出版奨励金」をいただきました。鷲見八重子先生の温かいご支援と、津田塾大学とに、まず厚く感謝を申し上げます。

気が付けば、博士論文を本書としてまとめるまでに、四年近くもの歳月が経過していました。その間、妊娠、出産、育児などさまざまな紆余曲折を経て、時にくじけそうになりながらも何とか地道に続けてこられたのには、主に二つの理由があると感じています。本書の最後に、この二つの理由について記し、あとがきに代えさせていただきたいと思います。

第一に、私の研究対象が、ラルフ・ウォルドー・エマソンであったからです。いうまでもなく、彼は十九世紀よりアメリカ社会に多大な影響力をもつ思想家です。エマソンが一八三七年にハーヴァード大学のファイ・ベータ・カッパ・クラブで行なった講演「アメリカの学者」("The American Scholar")は、のちにアメリカの「知的独立宣言」と称されました。エマソンによる「自己信頼」の主張には、アメリカ独自の思想や知性の重要性を説き、ヨーロッパ文化からの独立を果たすべく、十九世紀前半におけるアメリカの国家としての自己信頼を促そうとする、裂帛《れっぱく》の気迫があったのです。さらに、既存社会や伝統に対する彼の反逆精神は、アメリカの現代思想に息づいているともいわれています。エマソンのこうした社会的影響力はさることながら、彼の思想のもつ力や魅力は、私にとってじつに偉大なるものです。母が愛読していたエマソンの論文の一つを、大学学部時代に椿清文先生のセミナーで学んだことが機縁となり、私はそれ以後、エマソンの研究に没頭し、大学院、留学へと突き進みました。英語、思想ともに難解であるエマソンの著作に、分からないなりにもこれほどまでに私が向き合い続けてこられたのは、ひとえにその哲学に魅了されたからです。人は誰もが心の奥に神聖なる魂を宿し、そのことによって無限の力と可能性を有する。このシンプルな主張は、個人に自信を与え、他者への理解や尊重を促すものであり、人間精神への慈愛に満ちています。折に触れ、私は何度エマソンに励まされてきたことでしょう。批評家小林秀雄によれば、批評というものは、ある対象を分析したうえで、その人をほめ、正しく評価し、あるがまま肯定することであるといいます。すなわち、その根底には、その人に対する愛情や敬意があるのだと思います。これまで私はエマソンという対象に常に愛情をもち、敬意を払い向き合ってきました。エマソンを慕う気持ちがなければ、おそらく私はこれまで研究を続けてこられなかったでしょう。克己を必要とする学問の世界の厳しさに、しばしば打ちのめされそうになるなかで、これまであきらめずに研究を続けてこられたのは、エマソンについて知りたい、エマソンに関わる仕事がしたい、という彼に寄り添う気持ちが私の内にあったからにほかなりません。

第二の理由は、私の研究活動をたくさんの方に支えていただいたことです。大学学部時代よりご指導いただいた津田塾大学学芸学部英文学科の野口啓子先生にはどのような言葉でも表現できないほどに深く感謝しています。野口先生は、大学の激務にあっても、未熟な私をいつも忍耐強く、そして愛情深くお導きくださり、鼓舞してくださいました。研究の基礎から文学の奥深さや面白さにいたるまで、野口先生から教えていただいたことは、まぎれもなく今日の私の支えとなっています。常に誠実にお仕事に向き合われる野口先生のお姿は、これまでも、そしてこれからも私の敬愛すべき理想の学究像です。

津田塾大学学芸学部英文学科の椿清文先生と池野みさお先生、神奈川大学外国語学部英語英文学科の山口ヨシ子先生には、日頃より大変親身にご教授いただき、論文に関する多くのご支援とご助言を賜りました。先生方の研究への情熱に改めて敬意を表するとともに、これまでのご指導に、この場を借りて、心よりお礼を申し上げます。

前田陽子先生には、本書をまとめるにあたり、示唆に富むご指摘をたくさん頂戴しました。前田先生は、大先輩としての温かい眼差しで、後輩である私を激励くださり、また、研究と育児との両立の厳しさについてご理解くださったうえで、私の前途に有意義なご助言をくださいました。津田塾大学学芸学部英文学科の都田青子先生は、さまざまなご相談に乗ってくださるなかで、当時研究に行き詰まっていた私の背中を優しく押してくださいました。都田先生のお言葉をきっかけに、また論文執筆に向けての新しい一歩を踏み出せたことを鮮明に記憶しています。翻訳家の衣笠恭子さんは、いとわず貴重なお時間を割いて、翻訳のチェックをしてくださいました。二百年近くも前に書かれた難解な英語に向き合うことを楽しいとさえ言ってくださった衣笠さんの、英語のプロとしての資質だけでなく、友人としての心配りにも心を動かされました。アーリフ・メガニ（Aarif Meghani）先生にも、論文に関してさまざまなる貴重なご示唆をいただきました。津田塾大学言語文化研究所「アメリカ文学女性像研究会」の会員の先生方には、私が大学院生の頃より会員として温かく迎えていただき、研究に携わる者として育てていただきました。津田塾大学の先生方にも、多くの刺激を与えていただきました。皆様に改めて感謝の意を表します。また、本書の執筆に際し、先述の先生方はじめ多くの方々から、これまで数々の意義深いご意見を頂戴しました。私の力不足ゆえに、それらを本書に満足に反映させることができなかったかもしれません。これらは今後の課題とさせていただきます。

本書のもとになっている博士論文を執筆するにあたり、津田塾大学より特別研究費（二〇一一年度）をいただいたことを謝意とともに明記します。津田塾大学の教務課、学芸学部事務室、図書館、ならびにハーヴァード大学ホートン図書館、神奈川大学図書館の職員の方々にも、これまでご協力いただいたことに感謝を申し上げます。

また、本書の出版にあたり、野口先生より、彩流社編集部の真鍋知子さんをご紹介いただきました。真鍋さんは、編集過程で最後まで大変誠実に私に向き合ってくださり、多くの点についてご教示くださいました。私にとって、真鍋さんをご紹介いただけたことは、まさに「幸運」なことでした。本書が出版の運びとなったのは、野口先生と真鍋さんのご尽力があったからこそであり、ここに改めて心からの謝辞を申し上げたいと思います。

最後に、いつも身近で私を励まし、惜しみない愛情で辛抱強く見守り、支え続けてくれた家族に感謝します。本書執筆にあたり、両親には、乳呑み児だった我が子とともに幾日も世話になりました。いくつになっても注いでくれる両親のあふれる愛に、自分が親になって改めて深謝せずにはいられません。義祖母と義父母、義兄と姉家族にも、常に温かい手を差し伸べていただき、感謝の念に堪えません。いつも屈託のない笑顔で私を癒やしてくれる我が子にも、ありがとう。そして、どんな時も全力で私を応援してくれる、一番のよき理解者であり、同志でもある夫に感謝を捧げます。夫の協力なくして、今日までの研究はおろか、今ある日々の生活を続けることはできませんでした。また、本書の装幀には、夫がその専門を生かしスケッチしてくれたものを装画としてデザインしていただきました。この場を借りて、心よりお礼を述べたいと思います。

二〇一八年九月

西尾　ななえ

アメリカ文学にみる女性改革者たち

978-4-7791-1514-1 C0098(10.02)

野口啓子・山口ヨシ子編著

先住民問題、黒人問題、介護問題、都市の貧困問題、ユダヤ移民の女性問題……。19 世紀～ 20 世紀初頭まで、「女性改革者」をテーマに「アメリカ文学」を読み直し、女性たちの社会を変革しようとする活動を検証する。フラー、セジウィック、ストー、アダムズ等。 四六判上製 2800 円＋税

環大西洋の想像力

978-4-7791-1876-0 C0098(13.04)

越境するアメリカン・ルネサンス文学 竹内勝徳・高橋勤編著

ナショナル・アイデンティティをもたらしたのは「分断」ではなく、より広い世界との「接続」ではなかったか。エマソン、メルヴィル、ホーソーン、ホイットマンなど、アメリカン・ルネサンスの作家たちをトランスナショナルな枠組みで読み直す。 A5 判上製 3800 円＋税

身体と情動

978-4-7791-2216-3 C0098(16.04)

アフェクトで読むアメリカン・ルネサンス 竹内勝徳・高橋勤編

身体はいかに描かれ、なにを表象したか。その背後の「心」との関係とは。ポー、エマソン、メルヴィル、ホーソーンらの作品を中心に、「アフェクト（情動）」で読み解くことで、アメリカン・ルネサンス文学に新たな光を当てる。 A5 判上製 3800 円＋税

ソロー博物誌

978-4-7791-1628-5 C0097(11.06)

ヘンリー・ソロー著／山口 晃訳

ソローが、草木の美しさ、果実の恵み、生き物たちの生活、そして人との関わりを、野を歩き、見つめ、思索し、愛情深く綴ったエッセイ 7 篇。野生と神話的世界が響き合う瑞々しい世界が読むものの眼前に繰り広げられる。 四六判上製 2800 円＋税

多文化アメリカの萌芽

978-4-7791-2332-0 C0098(17.05)

19～20世紀転換期文学における人種・性・階級 里内克巳著

南北戦争の混乱を経て、急激な変化を遂げたアメリカ。多くの社会矛盾を抱えるなか、アフリカ系、先住民系、移民等、多彩な書き手たちが次々と現われた。11 人の作家のテクストを多層的に分析、「多文化主義」の萌芽をみる。 四六判上製 4800 円＋税

アメリカのフェミニズム運動史

978-4-7791-2471-6 C0036(18.04)

女性参政権から平等憲法修正条項へ 栗原涼子著

1920 年に女性参政権を獲得した後、アメリカの「フェミニズム運動」は、どのように展開されたのか——膨大な一次資料をもとに、1910 年代の女性参政権運動、平等憲法修正条項（ERA）を作成するまでの過程と社会福祉法制定過程に焦点を当てる。 四六判上製 2800 円＋税

◉著者紹介◉

西尾 ななえ（にしお・ななえ）

津田塾大学大学院文学研究科前期博士課程修了、リーズ大学大学院英文学科修士課程修了、津田塾大学大学院文学研究科後期博士課程満期退学。博士（文学）。津田塾大学学芸学部英文学科助教を経て、現在、神奈川大学非常勤講師。

著書：『アメリカ文学にみる女性改革者たち』（共著、彩流社、2010）

論文：“Emerson in the Age of the Women's Movement”（『津田塾大学言語文化研究所報』25 号、2010）、“Racial Identity in James McBride's *The Color of Water*”（*The Tsuda Review* No.55, 2010）、“Emerson and Social Reform through the Eyes of His Wife Lidian”（『津田塾大学言語文化研究所報』29 号、2014）など。

エマソンと社会《しゃかい》改革《かいかく》運動《うんどう》——進化《しんか》・人種《じんしゅ》・ジェンダー

2018 年 10 月 15 日 発行　　定価はカバーに表示してあります

著　者　西尾ななえ

発行者　竹 内 淳 夫

発行所　株式会社　彩 流 社

〒 102-0071　東京都千代田区富士見 2-2-2

電話　03-3234-5931　FAX　03-3234-5932

http://www.sairyusha.co.jp

sairyusha@sairyusha.co.jp

印刷　モリモト印刷㈱

製本　㈱難波製本

装幀　渡辺 将史

装画　西尾 信寛

落丁本・乱丁本はお取り替えいたします

Printed in Japan, 2018 © Nanae NISHIO, ISBN978-4-7791-2516-4 C0022

◉索引◉

《カ行》

《サ行》

《タ行》

《マ行》

《ヤ行》

《ラ行》

《ワ行》

◉引用・参照文献◉

Allen, Gay Wilson. *Waldo Emerson: A Biography*. Viking, 1981.

Allen, Margaret Vanderhaar. *The Achievement of Margaret Fuller*. Pennsylvania State UP, 1979.

Baker, Carlos. *Emerson among the Eccentrics: A Group Portrait*. Viking, 1996.

Beach, Joseph Warren. <1> *The Concept of Nature in Nineteenth-Century English Poetry*. Russell & Russell, 1966.

——. <2> "Emerson and Evolution." *University of Toronto Quarterly*, vol. 3, 1934, pp. 474-97.

Blanchard, Paula. *Margaret Fuller: From Transcendentalism to Revolution*. Delacorte P, 1978.

Bosco, Ronald A., and Joel Myerson, editors. *The Later Lectures of Ralph Waldo Emerson, 1843-1871*. 2010 ed., U of Georgia P, 2010. 2 vols.

Brandon, William. *The American Heritage Book of Indians*. 3rd ed., Dell Publishing, 1968.

Buell, Lawrence. <1> *Emerson*. Belknap P of Harvard UP, 2003.

——. <2> "The Emerson Industry in the 1980's: A Survey of Trends and Achievements." *ESQ*, vol. 30, 1984, pp. 117-36.

——. <3> *Literary Transcendentalism: Style and Vision in the American Renaissance*. Cornell UP, 1973.

Cabot, James Elliot. *A Memoir of Ralph Waldo Emerson*. Riverside P, 1887. 2 vols.

Cadava, Eduardo. *Emerson and the Climates of History*. Stanford UP, 1997.

Capper, Charles, and Conrad Edick Wright, editors. *Transient and Permanent: The Transcendentalist Movement and Its Contexts*. Massachusetts Historical Society, 1999.

Carpenter, Delores Bird. <1> Introduction. E. T. Emerson, *Life*, pp. xi-lvi.

——. <2> Introduction. L. J. Emerson, pp. xi-xxx.

——. <3> Notes. E. T. Emerson, *Life*, pp. 212-58.

Chevigny, Bell Gale. Introduction. *The Woman and the Myth: Margaret Fuller's Life and Writings*, edited by Chevigny, rev. ed., Northeastern UP, 1994, pp. 3-15.

Clark, Harry Hayden. "Emerson and Science." *Philological Quarterly*, vol. 10, no.3, July 1931, pp. 225-60.

Cole, Phyllis. <1> *Mary Moody Emerson and the Origins of Transcendentalism: A Family History*. Oxford UP, 1998.

——. <2> "'Men and Women Conversing': The Emersons in 1837." Mott and Burkholder, pp. 127-59.

——. <3> "The Nineteenth-Century Women's Rights Movement and the Canonization of Margaret Fuller." *ESQ*, vol. 44, no. 1-2, 1998, pp. 1-33.

——. <4> "Pain and Protest in the Emerson Family." Garvey, *Emerson Dilemma*, pp. 67-92.

——. <5> "Stanton, Fuller, and the Grammar of Romanticism." *The New England Quarterly*, vol. 73, no. 4, Dec. 2000, pp. 533-59.

——. <6> "Woman Questions: Emerson, Fuller, and New England Reform." Capper and Wright, pp. 408-46.

——. <7> "Woman's Rights and Feminism." Myerson, et al., pp. 222-40.

Cole, Phyllis and Jana Argersinger. "Exaltadas: A Female Genealogy of Transcendentalism." *ESQ*, vol. 57, no. 1-2, 2011, pp. 1-8.

Collison, Gary. "Emerson and Antislavery." Myerson, *Historical Guide*, pp 179-209.

Conway, Moncure Daniel. *Autobiography, Memories and Experiences of Moncure Daniel Conway*. Vol. 1, Houghton, Mifflin, 1904. *Internet Archive*, archive.org/details/autobiographyme04conwgoog.

Cooke, George Willis. *An Historical and Biographical Introduction to Accompany The Dial*. Russell & Russell, 1961. 2 vols.

Deese, Helen R. "'A Liberal Education': Caroline Healey Dall and Emerson." Mott and Burkholder, pp. 237-60.

Deiss, Joseph Jay. *The Roman Years of Margaret Fuller: A Biography*. Crowell, 1969.

DuBois, Ellen Carol. *Woman Suffrage and Women's Rights*. New York UP, 1998.

DuBois, Ellen Carol, and Lynn Dumenil. *Through Women's Eyes: An American History with Documents*. Bedford/St. Martin's, 2005.

Duncan, Jeffrey L. *The Power and Form of Emerson's Thought*. UP of Virginia, 1973.

Emerson, Edward Waldo. Notes. R. W. Emerson, *Complete Works*, vol. 1, pp. 399-461.

Emerson, Ellen Tucker. <1> *The Letters of Ellen Tucker Emerson*. Edited by Edith E. W. Gregg, Kent State UP, 1982. 2 vols.

——. <2> *The Life of Lidian Jackson Emerson*. Edited by Delores Bird Carpenter, Michigan State UP, 1992.

Emerson, Lidian Jackson. *The Selected Letters of Lidian Jackson Emerson*. Edited by Delores Bird Carpenter, U of Missouri P, 1987.

Emerson, Mary Moody. *The Selected Letters of Mary Moody Emerson*. Edited by Nancy Craig Simmons, U of Georgia P, 1993.

Emerson, Ralph Waldo. <1> *The Collected Works of Ralph Waldo Emerson*. Edited by Alfred R. Ferguson, et al., Belknap P of Harvard UP, 1971-2013. 10 vols.

——. <2> *The Complete Works of Ralph Waldo Emerson*. Edited by Edward Waldo Emerson, Concord ed., Houghton, Mifflin / Riverside P, 1903-04. 12 vols.

——. <3> *The Early Lectures of Ralph Waldo Emerson*. Edited by Stephen E. Whicher, et al., Belknap P of Harvard UP, 1966-72. 3 vols.

——. <4> *Emerson's Antislavery Writings*. Edited by Len Gougeon and Joel Myerson, Yale UP, 1995.

——. <5> *The Journals and Miscellaneous Notebooks of Ralph Waldo Emerson*. Edited by William H Gilman et al., Belknap P of Harvard UP, 1960-82. 16 vols.

——. <6> *Journals of Ralph Waldo Emerson with Annotations*. Edited by Edward Waldo Emerson and Waldo Emerson Forbes, Houghton Mifflin, 1909-14. 10 vols.

——. <7> *The Later Lectures of Ralph Waldo Emerson, 1843-1871*. Edited by Ronald A. Bosco and Joel Myerson, U of Georgia P, 2010. 2 vols.

——. <8> *The Letters of Ralph Waldo Emerson*. Edited by Ralph L. Rusk and Eleanor M. Tilton, Columbia UP, 1939-95. 10 vols.

——, et al. <9> *Memoirs of Margaret Fuller Ossoli*. Vol. 1, Roberts Brothers, 1884. *Internet Archive*, archive.org/details/memoirsmargaret05clargoog.

——. <10> *Two Unpublished Essays: The Character of Socrates, the Present State of Ethical Philosophy*. Lamson Wolffe, 1896. *Internet Archive*, archive.org/details/unpublishedessays00emerrich.

Emerson, Ralph Waldo, and Thomas Carlyle. *Correspondence of Emerson and Carlyle*. Edited by Joseph Slater, Columbia UP, 1964.

Field, Peter S. "The Strange Career of Emerson and Race." *American Nineteenth Century History*, vol. 2, no. 1, Spring 2001, pp.1-32. *Routledge*, dx.doi.org/10.1080/14664650108567029. Accessed 27 June 2013.

Finseth, Ian. "Evolution, Cosmopolitanism, and Emerson's Antislavery Politics." *American Literature*, vol. 77, no. 4, Dec. 2005, pp. 729-60.

Fuller, Margaret. <1> "The Great Lawsuit: Man versus Men. Woman versus Women."

The Dial: A Magazine for Literature, Philosophy, and Religion. Edited by Margaret Fuller, et al., vol. 4, Russell & Russell, 1961, pp. 1-47.

——. <2> *The Letters of Margaret Fuller*. Edited by Robert N. Hudspeth, Cornel UP, 1983-94. 6 vols.

——. <3> *Woman in the Nineteenth Century, and Kindred Papers Relating to the Sphere, Condition, and Duties of Woman*. Edited by Arthur B. Fuller, Greenwood, 1968.

Garvey, T. Gregory. <1> "Introduction: The Emerson Dilemma." Garvey, *Emerson Dilemma*, pp. xi-xxviii.

——, editor. <2> *The Emerson Dilemma: Essays on Emerson and Social Reform*. U of Georgia P, 2001.

——. <3> "Photo Essay." Garvey, *Emerson Dilemma*, pp. xxix-xxxviii.

——. <4> "Simular Man: Emerson and Cosmopolitan Identity." Tharaud, pp 513-42.

Gilbert, Armida. <1> "Emerson in the Context of the Woman's Rights Movement." Myerson, *Historical Guide*, pp. 211-49.

——. <2> "'Pierced by the Thorns of Reform': Emerson on Womanhood." Garvey, *Emerson Dilemma*, pp. 93-114.

Gilroy, Paul. *Between Camps: Race, Identity and Nationalism at the End of the Colour Line*. Allen Lane, 2000. Print.

Gougeon, Len. <1> "Abolition, the Emersons, and 1837." *The New England Quarterly*, vol. 54, no. 3, Sep. 1981, pp. 345-64.

——. <2> "Emerson and Abolition: The Silent Years, 1837-1844." *American Literature*, vol. 54, no. 4, Dec. 1982, pp. 560-75.

——. <3> "Emerson and the Woman Question: The Evolution of His Thought." *The New England Quarterly*, vol. 71, no. 4, Dec. 1998, pp. 570-92.

——. <4> "Emerson's Abolition Conversion." Garvey, *Emerson Dilemma*, pp. 170-96.

——. <5> "Emerson's Circle and the Crisis of the Civil War." Mott and Burkholder, pp. 29-51.

——. <6> "Historical Background." R. W. Emerson, *Emerson's Antislavery Writings*, pp. xi-lvi.

——. <7> "Militant Abolitionism: Douglass, Emerson, and the Rise of the Anti-Slave." *The New England Quarterly*, vol. 85, no. 4, Dec. 2012, pp. 622-57.

——. <8> "'Only Justice Satisfies All': Emerson's Militant Transcendentalism." Tharaud, pp. 485-512.

——. <9> *Virtue's Hero: Emerson, Antislavery, and Reform*. U of Georgia P, 1990.

Hallowell, Anna Davis, editor. *James and Lucretia Mott: Life and Letters*. Houghton, Mifflin, 1884. *Internet Archive*, archive.org/details/jameslucretiamot00hall.

Harding, Walter, and Carl Bode. Notes. Thoreau, pp. 121.

Hedrick, Joan D. *Harriet Beecher Stowe: A Life*. Oxford UP, 1994.

"Herschel, Caroline Lucretia." *New Encyclopædia Britannica*.

"Herschel, Sir John (Frederick William)." *New Encyclopædia Britannica*.

"Herschel, Sir William (Frederick)." *New Encyclopædia Britannica*.

Holmes, Oliver Wendell. *Ralph Waldo Emerson*. Gale Research, 1967.

Hopkins, Vivian C. *Spires of Form: A Study of Emerson's Aesthetic Theory*. Harvard UP, 1951.

Howe, Julia Ward. *Reminiscences, 1819-1899*. Houghton Mifflin, 1899. *Internet Archive*, archive.org/details/reminiscences01howegoog.

Howells, William Dean. *Literary Friends and Acquaintance: A Personal Retrospect of American Authorship*. Harper and Brothers, 1900. *Internet Archive*, archive.org/details/cu31924014419588.

Hudspeth, Robert N. "Letter Writing." Myerson, et al., pp. 309-18.

Hunt, B. P. "Saturday and Sunday among the Creoles: A Letter from the West Indies." *The Dial: A Magazine for Literature, Philosophy, and Religion*. Edited by Margaret Fuller, et al., vol. 4, Russell & Russell, 1961, pp. 521-24.

Hurst, C. Michael. "Bodies in Transition: Transcendental Feminism in Margaret Fuller's Woman in the Nineteenth Century." *Arizona Quarterly*, vol. 66, no. 4, Winter 2010, pp. 1-32.

Jeffrey, Julie Roy. *The Great Silent Army of Abolitionism: Ordinary Women in the Antislavery Movement*. U of North Carolina P, 1998.

Karcher, Carolyn L. *The First Woman in the Republic: A Cultural Biography of Lydia Maria Child*. Duke UP, 1994.

"Kepler, Johannes." *New Encyclopædia Britannica*.

"Laplace, Pierre-Simon, marquis de." *New Encyclopædia Britannica*.

Leverenz, David. "The Politics of Emerson's Man-Making Words." *PMLA*, vol. 101, no. 1, Jan. 1986, pp. 38-56.

Levine, Alan M., and Daniel S. Malachuk. <1> "Introduction: The New History of Emerson's Politics and His Philosophy of Self-Reliance." Levine and Malachuk,

Political Companion, pp. 1-39.
——, editors. <2> *A Political Companion to Ralph Waldo Emerson*. UP of Kentucky, 2011.
Lutz, Alma. *Crusade for Freedom: Women of the Antislavery Movement*. Beacon P, 1968.
Maddox, Lucy. *Removals: Nineteenth-Century American Literature and the Politics of Indian Affairs*. Oxford UP, 1991.
Maibor, Carolyn R. *Labor Pains: Emerson, Hawthorne, and Alcott on Work and the Woman Question*. Routledge, 2004.
Moody, Marjory M. "The Evolution of Emerson as an Abolitionist." *American Literature*, vol. 17, no. 1, Mar. 1945, pp. 1-45.
Mott, Wesley T., and Robert E. Burkholder, editors. *Emersonian Circles: Essays in Honor of Joel Myerson*. U of Rochester P, 1997.
Myerson, Joel, editor. <1> *A Historical Guide to Ralph Waldo Emerson*. Oxford UP, 2000.
——. <2> "Margaret Fuller's 1842 Journal: At Concord with the Emersons." *Harvard Library Bulletin*, vol. 21, 1973, pp. 320-40.
——, et al., editors. <3> *The Oxford Handbook of Transcendentalism*. Oxford UP, 2010.
Nakazawa, Nanae. <1> "Emerson in the Age of the Women's Movement." *Tsuda Journal of Language and Culture*, vol. 25, 2010, pp. 65-75.
——. <2> "Emerson's Upward Spiral." *Tsuda Inquiry*, vol. 27, 2006, pp. 77-92.
Neufeldt, Leonard. "Emerson and the Civil War." *The Journal of English and Germanic Philology*, vol. 71, no. 4, Oct. 1972, pp. 502-13.
The New Encyclopædia Britannica. 15th ed., 1994.
Nishio, Nanae. <1> "Emerson and Social Reform through the Eyes of His Wife Lidian." *Tsuda Journal of Language and Culture*, vol. 29, 2014, pp. 20-30.
——. <2> "Racial Identity in James McBride's *The Color of Water*." *The Tsuda Review*, no. 55, Nov. 2010, pp. 65-78.
Null, Jack. "Strategies of Imagery in 'Circles.'" *ESQ*, vol. 18, no. 4, 1972, pp. 265-70.
Obuchowski, Peter A. "Emerson's Science: An Analysis." *Philological Quarterly*, vol. 54, no. 3, Summer 1975, pp. 624-32.
Patterson, Anita Haya. *From Emerson to King: Democracy, Race, and the Politics of Protest*. Oxford UP, 1997.
Porte, Joel. "A Self on Trial: 1839-1841." *Emerson in His Journals*, by Ralph Waldo Emerson, edited by Joel Porte, Belknap P of Harvard UP, 1982, pp. 212-14.

Rao, Adapa Ramakrishna. *Emerson and Social Reform*. Humanities P, 1980.

Read, James H. "The Limits of Self-Reliance: Emerson, Slavery, and Abolition." Levine and Malachuk, *Political Companion*, pp. 152-84.

Reynolds, David S. "Transcendentalism, Transnationalism, and Antislavery Violence: Concord's Embrace of John Brown." Tharaud, pp. 461-84.

Richardson, Robert D., Jr. *Emerson: The Mind on Fire*. U of California P, 1995.

Richardson, Todd H. "Publishing the Cause of Suffrage: The Woman's Journal's Appropriation of Ralph Waldo Emerson in Postbellum America." *The New England Quarterly*, vol. 79, no. 4, 2006, pp. 578-608.

Roberson, Susan L. "Reform and the Interior Landscape: Mapping Emerson's Political Sermons." Garvey, *Emerson Dilemma*, pp. 3-13.

Robinson, David M. <1> *Emerson and the Conduct of Life: Pragmatism and Ethical Purpose in the Later Work*. Cambridge UP, 1993.

——. <2> "Emerson as a Political Thinker." *The Political Emerson: Essential Writings on Politics and Social Reform*, by Ralph Waldo Emerson, edited by David M. Robinson, Beacon P, 2004, pp. 1-26.

Rossi, Alice S., editor. *The Feminist Papers: from Adams to de Beauvoir*. Columbia UP, 1973.

Rowe, John Carlos. *At Emerson's Tomb: The Politics of Classic American Literature*. Columbia UP, 1997.

Ruchames, Louis. "Emerson's Second West India Emancipation Address." *The New England Quarterly*, vol. 28, no. 3, Sep. 1955, pp. 383-88.

Rusk, Ralph L. *The Life of Ralph Waldo Emerson*. Charles Scribner's Sons, 1949.

Ryan, Barbara. "Emerson's 'Domestic and Social Experiments': Service, Slavery, and the Unhired Man." *American Literature*, vol. 66, no. 3, Sep. 1994, pp. 485-508.

Shea, Daniel B. "Emerson and the American Metamorphosis." *Emerson: Prophecy, Metamorphosis, and Influence: Selected Papers from the English Institute*, edited by David Levin. Columbia UP, 1975, pp. 29-56.

Shuffelton, Frank. "Emerson's Politics of Biography and History." Mott and Burkholder, pp. 53-65.

Smith, Stephanie A. *Conceived by Liberty: Maternal Figures and Nineteenth-Century American Literature*. Cornell UP, 1994.

Smith-Rosenberg, Carroll. "Beauty, the Beast and the Militant Woman: A Case Study in

Sex Roles and Social Stress in Jacksonian America." *American Quarterly*, vol. 23, no. 4, 1971, pp. 562-84.

"Somerville, Mary Fairfax Greig." *Dictionary of Scientific Biography*. 1970.

Stanton, Elizabeth Cady, et al., editors. *History of Woman Suffrage*. Vol. 1, Honnotomo, 1998.

Steele, Jeffrey A. "The Limits of Political Sympathy: Emerson, Margaret Fuller, and Woman's Rights." Garvey, *Emerson Dilemma*, pp. 115-35.

Strauch, Carl F. "Hatred's Swift Repulsions: Emerson, Margaret Fuller, and Others." *Studies in Romanticism*, vol. 7, no. 2, Winter 1968, pp. 65-103.

Strysick, Michael. "Emerson, Slavery, and the Evolution of the Principle of Self-Reliance." Garvey, *Emerson Dilemma*, pp. 139-69.

Tharaud, Barry, editor. *Emerson for the Twenty-first Century: Global Perspectives on an American Icon*. U of Delaware P, 2013.

Thoreau, Henry David. *The Correspondence of Henry David Thoreau*. Edited by Walter Harding and Carl Bode. New York UP, 1958.

Tocqueville, Alexis de. *Democracy in America and Two Essays on America*. Translated by Gerald E. Bevan, edited by Isaac Kramnick, Penguin Books, 2003.

Von Frank, Albert J. <1> *An Emerson Chronology*. G. K. Hall, 1994.

——. <2> "Mrs. Brackett's Verdict: Magic and Means in Transcendental Antislavery Work." Capper and Wright, pp. 385-407.

——. <3> *The Trials of Anthony Burns: Freedom and Slavery in Emerson's Boston*. Harvard UP, 1999.

Walters, Ronald G. <1> *American Reformers, 1815-1860*. Edited by Eric Foner, rev. ed., Hill and Wang, 1997.

——. <2> *The Antislavery Appeal: American Abolitionism after 1830*. Johns Hopkins UP, 1976.

Warfel, Harry R. "Margaret Fuller and Ralph Waldo Emerson." *PMLA*, vol. 50, no. 2, June 1935, pp. 576-94.

Warren, Joyce W. "Introduction: Canons and Canon Fodder." *The (Other) American Traditions: Nineteenth-Century Women Writers*, edited by Joyce W. Warren, Rutgers UP, 1993, pp. 1-25.

Weiss, John. *Life and Correspondence of Theodore Parker: Minister of the Twenty-Eighth Congregational Society, Boston*. Vol. 2, D. Appleton, 1864. *Internet Archive*, archive.

org/details/lifeandcorrespo00weisgoog.
Welter, Barbara. "The Cult of True Womanhood: 1820-1860." *American Quarterly*, vol. 18, no. 2, Summer 1966, pp. 151-74.
Whicher, Stephen E. *Freedom and Fate: An Inner Life of Ralph Waldo Emerson*. U of Pennsylvania P, 1953.
Woloch, Nancy. *Women and the American Experience: A Concise History*. 2nd ed., McGraw-Hill, 2002.
Yellin, Jean Fagan. *Women and Sisters: The Antislavery Feminists in American Culture*. Yale UP, 1989.
Zwarg, Christina. <1> "Emerson as 'Mythologist' in *Memoirs of Margaret Fuller Ossoli*." *Criticism*, vol. 31, no.3, 1989, pp. 213-33.
——. <2> "Emerson's 'Scene' Before the Women: The Feminist Poetics of Paraphernalia." *Social Text*, vol. 18, 1987, pp. 129-44.
——. <3> *Feminist Conversations: Fuller, Emerson, and the Play of Reading*. Cornell UP, 1995.
荒このみ「アメリカ文化史における男と女——親愛なるマーガレット／もっとも親愛なるウォルド」『アメリカ——文学史・文化史の展望』亀井俊介監修、平石貴樹編　松柏社　2005 年　233-74 頁
エマソン、ラルフ・ウォルドー〈1〉『エマソン選集 4　個人と社会』原島善衛訳　日本教文社 1960 年
——〈2〉『エマソン論文集』酒本雅之訳　岩波書店　1996 年　上・下巻
藤田佳子「Emerson と当時の科学——進化論を中心に」『研究年報』46 号　奈良女子大学文学部　2002 年　5-17 頁
松永俊男『ダーウィン前夜の進化論争』名古屋大学出版会　2005 年
中田裕二「エマソンの恋愛と結婚——二つの愛の軌跡」『女性と英米文学』和知誠之助編　研究社　1980 年　275-86 頁
高梨良夫〈1〉「エマソンの思想形成（IV）——エマソンと科学」『長野県短期大学紀要』42 号　1987 年　157-69 頁
——〈2〉『「魂」の信仰——エマソンの「超越的」神概念の形成と発展』www.lang.nagoya-u.ac.jp/~nagahata/amlitchubu/takanashi.html. 2007 年 4 月 13 日
八杉龍一『進化論の歴史』岩波書店　1969 年

◉図版出典一覧◉

【図1, 2】松永俊男『ダーウィン前夜の進化論争』名古屋大学出版会　2005 年
【図3, 4, 9, 15, 18-23】Richardson, Robert D., Jr. *Emerson: The Mind on Fire*. U of California P, 1995.
【図5】"Slave Trade." *History*, www.history.com/topics/black-history/slavery/pictures/slavetrade/illustration. Accessed 4 Sep. 2018.
【図6】イリジャ・H・グールド『アメリカ帝国の胎動——ヨーロッパ国際秩序とアメリカ独立』森丈夫監訳　彩流社　2016 年
【図7, 8】The Social Science Staff of the Educational Research Council of America. *The American Adventure: Expansion, Conflict and Reconstruction, 1825-1880*. Allyn and Bacon, 1975.
【図10】Brainard, Charles Henry. *Heralds of Freedom: Truth, Love, Justice*. 1857. ©Boston Athenæum
【図11】Woloch, Nancy. *Women and the American Experience: A Concise History*. 2nd ed., McGraw-Hill, 2002.
【図12】DuBois, Ellen Carol. *Woman Suffrage and Women's Rights*. New York UP, 1998.
【図13】DuBois, Ellen Carol, and Lynn Dumenil. *Through Women's Eyes: An American History with Documents*. Bedford/St. Martin's, 2005.
【図14】Reynolds, David S. *Beneath the American Renaissance: The Subversive Imagination in the Age of Emerson and Melville*. Oxford UP, 1988.
【図16】Hedrick, Joan D. *Harriet Beecher Stowe: A Life*. Oxford UP, 1994.
【図17】Emerson, Ellen Tucker. *The Life of Lidian Jackson Emerson*. Edited by Delores Bird Carpenter, Michigan State UP, 1992.
【図24, 25】Emerson, Ellen Tucker. *The Letters of Ellen Tucker Emerson*. Edited by Edith E. W. Gregg, vol. 2., Kent State UP, 1982.